Bianca

Jennifer Hayward

Pasión al desnudo

HARLEQUIN™

Editado por HARLEQUIN IBÉRICA, S.A.
Núñez de Balboa, 56
28001 Madrid

© 2014 Jennifer Drogell
© 2015 Harlequin Ibérica, S.A.
Pasión al desnudo, n.º 2387 - 20.5.15
Título original: The Magnate's Manifesto
Publicada originalmente por Mills & Boon®, Ltd., Londres.

I.S.B.N.: 978-84-687-6137-4
Depósito legal: M-7966-2015
Impresión en CPI (Barcelona)
Fecha impresion para Argentina: 16.11.15
Distribuidor exclusivo para España: LOGISTA
Distribuidor para México: CODIPLYRSA
Distribuidores para Argentina: Interior, DGP, S.A. Alvarado 2118.
Cap. Fed./Buenos Aires y Gran Buenos Aires, VACCARO HNOS.

Capítulo 1

EL DÍA que el manifiesto de Jared Stone provocó un incidente internacional, resultó ser, para su desgracia, un día de pocas noticias. A las cinco de la mañana del jueves, mientras el sexy multimillonario de Silicon Valley corría, como cada mañana, por el parque Golden Gate de San Francisco, el manifiesto era el tema de conversación en las cenas de Moscú. En Londres, mientras las oficinistas escapaban de sus trabajos para comer, el descabellado artículo sobre la condición femenina en el siglo XXI, estaba en boca de todo el mundo.

Y en los Estados Unidos de América, las mujeres que se habían labrado una carrera, solo para encontrarse con un techo de cristal que les impedía superar cierto nivel, contemplaban estupefactas las pantallas de sus smartphones. Algunas pensaban que se trataba de una broma, otras que habían pirateado el correo electrónico de Stone. Y por último, un puñado de antiguas citas del magnate, aseguró que no les extrañaba lo más mínimo. «Es un bastardo».

Sentada ante su escritorio en el edificio de Stone Industries, Bailey St. John permanecía ignorante de la tormenta desatada por su jefe. Armada de un humeante café, se sentó con toda la elegancia que le permitía la falda de tubo e intentó infundirse ánimos ante el nuevo día.

Contempló la pantalla del ordenador mientras tomaba un sorbo de café y abría el correo electrónico. El asunto del mensaje de su amiga Aria llamó su atención. Y al abrirlo, se atragantó.

Playboy multimillonario provoca incidente internacional con su manifiesto sobre las mujeres.

Miró perpleja el titular de la noticia que circulaba en toda la red.

Un descarado manifiesto hacia sus compañeras deja claras las opiniones de Stone acerca de las mujeres, tanto en la sala de juntas como en el dormitorio.

Bailey dejó la taza de café sobre la mesa y abrió el manifiesto que ya había recibido dos millones de visitas. *La verdad sobre las mujeres*, se titulaba.

Habiendo salido, y trabajado, con un nutrido grupo de mujeres de todo el mundo, y tras alcanzar una edad en la que me siento cualificado para opinar sobre la materia, he llegado a una conclusión. Las mujeres mienten.
En la sala de juntas dicen que quieren igualdad, pero lo cierto es que en los últimos cincuenta años no han cambiado nada. A pesar de todas sus súplicas en sentido contrario, a pesar de sus estallidos ante los límites establecidos por el supuesto techo de cristal, lo cierto es que no quieren cerrar un trato o dirigir una fusión. Lo que quieren es quedarse en casa y ser mantenidas por nosotros para vivir conforme al estilo de vida al que están habituadas. Quieren un hombre que se ocupe de ellas, que les proporcione periódicamente una noche de pasión y una joya de diamantes. Alguien que impida que vaguen por el mundo sin rumbo fijo...

¿Vagar por el mundo sin rumbo fijo? A Bailey se le incendiaron las mejillas. Había comenzado su andadura profesional en una pequeña empresa de Silicon Valley y desde hacía tres años trabajaba en la compañía de Jared Stone.

Y ahí se había frenado su progresión. Directora de ventas para Norteamérica de Stone Industries, llevaba dieciocho meses intentando conseguir el puesto de vicepresidenta, puesto que Stone parecía empeñado en no concederle. Había trabajado más y mejor que cualquiera de sus colegas masculinos, y todos estaban de acuerdo en que el puesto debía ser suyo. Todos salvo el genio de Silicon Valley, pues se lo había dado a otra persona. Y eso dolía mucho.

¿Por qué no la respetaba?

Le empezó a hervir la sangre. Ya sabía por qué. Porque Jared Stone era un cerdo machista.

Se obligó a tragar un poco más de café antes de devolver su atención a la pantalla del ordenador, concretamente a las reglas sobre las mujeres que Jared había escrito:

Regla número 1: Todas las mujeres están locas, pues su manera de pensar difiere tanto de la nuestra que bien podrían venir de otro planeta. Hay que elegir a la que esté menos loca para vivir con ella. Eso, en el supuesto que decidas sentar la cabeza, cosa que no recomiendo.

Regla número 2: Todas las mujeres quieren un anillo y una casa con jardín. Lo cual no es malo si quieres formar una familia, pero, por el amor de Dios, piensa bien en qué te estás metiendo.

Regla número 3: Todas las mujeres buscan un león en la cama. Ella quiere que la dominen. Quiere que tú tengas el control. No quiere que la escuches. No te equivoques, sé un hombre.

Regla número 4: Todas las mujeres empiezan el día con un propósito. Una causa, un objetivo. Podría ser

un anillo de diamantes, más de tu tiempo, que accedas
a conocer a su madre. Sea lo que sea, confía en mí, o
accedes o le dices adiós. A la larga, decir adiós resul-
tará más barato.

Por el bien de su presión arterial, Bailey interrumpió
la lectura. Y ella que había estado preocupada por el le-
gendario conflicto de caracteres entre Stone y ella. Cada
vez que se encontraban en la sala de juntas se despertaba en ellos el deseo de destrozarse el uno al otro. Pero
al final resultaba que no era ese el motivo. Ese hombre
despreciaba al sexo femenino.

Tres años. Miró con el ceño fruncido la pantalla del
ordenador. Llevaba tres años trabajando para ese imbécil egocéntrico, aumentando las ventas de sus famosos
ordenadores y móviles. ¿Y para qué? No había sido más
que una total pérdida de tiempo. Se había jurado convertirse en directora general a los treinta y cinco años,
pero la meta parecía cada vez más inalcanzable.

Apretó los labios con fuerza y empezó a teclear:

A quien le pueda interesar. Ya no puedo seguir tra-
bajando en una empresa liderada por un cerdo. Va con-
tra todos mis principios.

Bailey continuó escribiendo sin reprimir nada, hasta
que sintió que se aplacaba su ira. A continuación redactó
una segunda versión que pudiera entregar en recursos
humanos.

No iba a trabajar ni un minuto más para Jared Stone,
por brillante y guapo que fuera.

Jared Stone estaba de muy buen humor cuando
aparcó en su plaza de Stone Industries, recogió el ma-
letín y entró por la puerta. Correr ocho kilómetros por

el parque, una ducha caliente y un batido energético hacían maravillas en un hombre.

Tarareó una canción que acababa de oír por la radio y se dirigió a los ascensores del elegante y arquitectónicamente brillante edificio. La vida era maravillosa, se encontraba en la cima del negocio a punto de firmar un contrato que acallaría todas las críticas y cimentaría su control sobre la empresa, y se sentía impermeable, impenetrable, invencible, capaz de resolver todos los problemas del mundo, incluso de lograr la paz mundial.

Entró en un ascensor medio lleno y saludó a la media docena de empleados con la famosa sonrisa que tanto gustaba a la prensa. Aprovechó también para anotar mentalmente quién madrugaba más para llegar al trabajo. Gerald, del departamento financiero, le devolvió una sonrisa de complicidad, como si compartieran algún secreto. Jennifer Thomas, la ayudante de uno de los vicepresidentes, que habitualmente se lo comía con la mirada, murmuró algo ininteligible. La mujer del departamento jurídico, directamente le dio la espalda.

Las extrañas vibraciones que había empezado a percibir se intensificaron al abrirse paso por la planta de dirección hasta su despacho. Otra ayudante lo miró de una manera muy extraña. ¿Se habría manchado la camisa con el batido energético? ¿Tendría pasta de dientes en la cara?

–¿Qué le pasa hoy a todo el mundo? –frunció el ceño cuando su secretaria de cincuenta y tantos años, Mary, se acercó para entregarle sus mensajes–. Hace sol, las ventas suben...

–No te has conectado a Internet aún, ¿verdad? –la mujer parpadeó perpleja.

–Ya sabes cuál es mi norma –contestó él con impaciencia–. Las primeras dos horas del día las dedico a centrarme, a encontrarme a mí mismo.

–Exacto –murmuró Mary–. Bueno, pues quizás te

interese abandonar esa actitud budista y conectarte antes de que llegue Sam Walters. Estará aquí a las once.

–No tengo ninguna cita con él –Jared frunció el ceño ante la mención del nombre del presidente del consejo de Stone Industries.

–Ahora sí –insistió su secretaria–. Jared, yo... –lo miró directamente a los ojos–. Tu manifiesto se filtró anoche en la red.

Jared sintió que toda la sangre abandonaba su rostro. En su vida solo había escrito dos manifiestos. El primero, al poco de crear Stone Industries, con el objetivo de sentar las bases de la empresa. Y el segundo, una broma privada que había compartido la noche anterior con sus amigos más íntimos después de una velada especialmente divertida con los chicos.

Pero en ningún caso estaba prevista su difusión pública.

Por la expresión de Mary, era evidente que no se refería al primer manifiesto.

–¿A qué te refieres por filtrado? –preguntó con toda la calma de que fue capaz.

–El manifiesto –la mujer se aclaró la garganta–, todo el documento, está en la red. Mi madre me lo envió por correo electrónico esta mañana. Me preguntó cómo podía trabajar para ti.

El primer pensamiento que cruzó por la mente de Jared fue que era imposible porque sus amigos jamás le harían algo así. ¿Había hackeado alguien su correo electrónico?

–¿Cómo de mal está la cosa?

–Está por todas partes –Mary frunció los labios.

La sospecha de que había ido demasiado lejos en su afición por agitar las aguas se vio confirmada cuando su mentor y consejero, Sam Walters, entró en su despacho tres horas más tarde seguido del equipo jurídico y del de relaciones públicas. El genio financiero de setenta y cinco años no parecía divertido.

–Sam, esto es un lamentable malentendido –Jared hizo un gesto para que tomaran asiento–. Emitiremos un comunicado aclarando que se trataba de una broma. Mañana se habrán olvidado.

La vicepresidenta del departamento de relaciones públicas, Julie Walcott, arqueó una ceja.

–Llevamos dos millones de visitas y subiendo, Jared. Las mujeres amenazan con boicotear nuestros productos. Esto no se va a olvidar sin más.

Jared se reclinó en el asiento. El abdomen que tanto había trabajado aquella mañana estaba contraído ante la enorme falta de juicio al escribir esas palabras. Pero, si había algo que no hacía jamás, era mostrar debilidad, sobre todo cuando el mundo entero quería su cabeza.

–¿Qué sugieres que haga? –murmuró con su habitual arrogancia–. ¿Suplicar el perdón de las mujeres? ¿Ponerme de rodillas y jurar que no lo decía en serio?

–Sí.

–Se trataba de una broma entre amigos –Jared miró a Julie con expresión de incredulidad–. Hablar de ello le dará más credibilidad.

–Ahora se trata de una broma entre tú y el resto del planeta –continuó Julie con tranquilidad–. Hablar de ello es lo único que podrá salvarte.

–Habrá implicaciones legales, Jared –Sam tomó la palabra–. Y no hace falta que te recuerde que la hija de Davide Gagnon es socia fundadora de una organización feminista. No le va a gustar.

Las manos de Jared se cerraron sobre el borde del escritorio. Era muy consciente de las organizaciones a las que pertenecía Micheline Gagnon. La hija del director general del mayor detallista de aparatos electrónicos de Europa, Maison Electronique, con quien Stone Industries aspiraba a firmar un contrato de cinco años para expandir su presencia en el mundo, era una habitual de las redes sociales. Desde luego que no le iba a gustar, pero había sido una broma.

–Decidme qué hace falta que haga –consultó tras lanzar un suspiro.

–Hay que emitir una disculpa –contestó Julie–. Explicar que se trató de una broma privada de muy mal gusto. Aclarar que no tiene nada que ver con tu verdadera visión de las mujeres, que siempre ha sido del mayor respeto.

–Y respeto a las mujeres –intervino él–. Pero no creo que sean sinceras con sus sentimientos.

–¿Cuándo fue la última vez que nombraste a una mujer miembro de la ejecutiva? –Julie lo miró fijamente.

Nunca lo había hecho.

–Muéstrame a una mujer que se merezca el puesto y la colocaré allí.

–¿Qué tal Bailey St. John? –Sam enarcó sus pobladas cejas–. Pareces ser el único que no la considera capacitada para el puesto de vicepresidenta.

–Bailey St. John es un caso especial –Jared frunció el ceño–. No está preparada.

–Tienes que hacer algún gesto –Sam habló con severidad–. Ahora mismo caminas por la cuerda floja, Jared –en todos los aspectos, parecía indicar la expresión de su mentor–. Dale el puesto. Haz que esté preparada.

–No sería una elección acertada –él lo rechazó con vehemencia–. No tiene más que veintinueve años, por el amor de Dios. Nombrarla vicepresidenta sería como hacer estallar una bomba.

Sam volvió a enarcar las cejas, como si quisiera recordarle el poco apoyo del que gozaba en esos momentos en el consejo. Como si necesitara que le recordara que estaba a punto de perder el control de la empresa, líder en el mundo, que había creado de la nada. Su empresa.

–Dale el puesto, Jared –Sam lo miró fijamente–.

Lima las asperezas. No destruyas diez años de trabajo duro por tu afición a soltar lo que piensas.

En el interior de Jared se debatían dos posturas antagónicas. Tres años atrás había arrancado a Bailey de las garras de un competidor, por su increíblemente aguda mente. Y no le había defraudado. No le cabía duda de que algún día llegaría a vicepresidenta, pero era como un bombón relleno. Nunca se sabía qué iba a salir de su interior cuando entraba en la sala de juntas.

—De acuerdo —ante la insistente mirada de Sam, Jared claudicó. Ya se encargaría de Bailey.

—Además, te apuntarás a una formación sobre sensibilidad cultural —intervino Julie—. El departamento de recursos humanos la está preparando.

—Jamás —lo desestimó Jared—. ¿Algo más?

Julie esbozó su plan para recuperar su reputación. Era un plan sólido, reflejo de lo que pagaba a esa mujer. Tras acceder a todo, salvo a la formación sobre sensibilidad cultural, dio por terminada la reunión. Tenía preocupaciones más graves, como recuperar el apoyo del consejo.

Cuando todos se hubieron marchado, Jared se acercó a la ventana e intentó averiguar cómo esa mañana perfecta se había convertido en un día infernal. El origen estaba en la brusca ruptura de la relación, o lo que fuera, con Kimberly MacKenna, una contable que le había asegurado que no buscaba una relación permanente. Y así, había bajado la guardia. Pero el sábado por la noche, esa mujer se había dejado caer en su sofá y declarado que le estaba rompiendo el corazón. Su tierna mirada le suplicaba a gritos un compromiso.

A las diez de la mañana del lunes, lucía una pulsera de diamantes en el brazo como despedida.

Al escribir el manifiesto se había sentido quizás un poco solo. Pero las reglas eran las reglas. Nada de compromisos. Sus labios describieron una mueca y apoyó las palmas de las manos contra el cristal. Quizás debería haberle contado al equipo de relaciones públicas la verdad sobre el matrimonio de sus padres. Cómo su madre había sangrado a su padre, cómo le había convertido en un simulacro de hombre. A lo mejor le habría granjeado más simpatías.

Mejor aún, Julie podría dedicarse a controlar a los medios que pretendían lincharlo antes de poder anunciar la trayectoria de la empresa durante la siguiente década. Cuando convertías un innovador ordenador, creado en el dormitorio de tu mejor amigo, en la empresa de consumibles electrónicos de más éxito de los Estados Unidos de América, lo que menos te esperabas era que los escépticos empezaran a pedir la cabeza del presidente al menor incidente. Lo que esperabas era que confiaran en ti y asumieran que tenías un plan para revolucionar la industria.

Un juramento escapó de sus labios. Preferirían despedazarlo a apoyarlo. Eran unos depredadores. Bueno, pues no iban a conseguir su presa. Viajaría a Francia para firmar la alianza con Maison Electronique, dejaría atrás a sus competidores y presentaría el contrato ante el consejo en dos semanas.

Lo único que tenía que hacer era explicarle su visión del negocio a Davide Gagnon.

Salió del despacho y le gritó a Mary que llamara a Bailey St. John. Iba a concederle el ascenso, pero no era estúpido. Cuando le demostrara lo inexperta que era, las aguas volverían a su cauce.

La última llamada fue para el jefe del departamento informático. Quien hubiera hackeado su correo electrónico iba a lamentar el día en que se le había ocurrido la idea.

Bailey llevaba quince minutos ante la puerta del despacho de Jared Stone cuando Mary al fin le hizo pasar. Haciendo acopio de su habilidad para parecer humilde ante cualquier circunstancia, empujó la puerta de madera maciza y entró en la estancia, de marcado carácter masculino, dominada por una chimenea de mármol y ventanales que llegaban del techo al suelo. La decoración era minimalista, propia de alguien que prefería pasar la jornada con sus ingenieros antes que sentado ante su escritorio.

Jared se volvió al oírla entrar y, como de costumbre cada vez que se acercaba a ese hombre, ella sintió que perdía parte de la compostura. Aunque no persiguiera sus encantos, como hacían casi todas las mujeres de Silicon Valley, tampoco era inmune a ellos. La penetrante mirada azul de su jefe era famosa por desnudar a las mujeres en un santiamén. Y, por si eso no bastaba, también estaba el atlético cuerpo, la ropa hecha a medida y el brillante cerebro.

–No he venido a charlar, Jared –anunció ella, recuperando parte de la compostura–. Dimito.

–¿Dimites? –el habitualmente ronco tono de voz adquirió un tinte de incredulidad.

–Sí, dimito –Bailey se acercó a su jefe y alzó la barbilla, absorbiendo el impacto de la penetrante mirada azul–. Estoy harta de vagar sin rumbo por esta empresa, soportando tus falsas promesas.

–Venga ya, Bailey. Yo pensaba que tú, mejor que nadie, encajarías una broma.

–No ha sido ninguna broma, Jared –ella apoyó las manos en las caderas–. Y yo que pensaba que el problema era nuestra incompatibilidad de caracteres...

–¿Te refieres a cómo intentamos descuartizarnos cada vez que coincidimos en una sala de reuniones? –él sonrió–. Esas cosas son las que me ayudan a levantarme cada mañana.

–Creo que siempre he sido consciente de tu opinión sobre las mujeres –continuó Bailey en tono exasperado–, pero, tonta de mí, pensé que me respetabas.

–Y te respeto.

–Entonces, ¿por qué no te ha llamado la atención nada de lo que he conseguido en los últimos tres años? Yo era la estrella de mi anterior empresa, Jared. Por eso me contrataste. ¿Por qué le has dado a Tate Davidson el puesto que me merecía yo?

–No estabas preparada –contestó él sin darle importancia.

–¿En qué sentido?

–En tu madurez –Jared la miró con altivez–. Reaccionas impulsivamente. Acabas de ofrecerme una muestra. Ni siquiera te lo has pensado.

–Claro que me lo he pensado –el fuego la quemaba por dentro–. He tenido tres años para pensármelo. Y perdóname si no me tomo muy en serio tus críticas sobre mi inmadurez después de tu infantil numerito de esta mañana. ¿Querías que todos los hombres de California se rieran y se dieran palmaditas en la espalda? Pues lo has conseguido. Y de paso, la causa femenina ha retrocedido diez puestos.

–Siempre he colocado a las mujeres en puestos directivos cuando se lo han merecido, Bailey –Jared entornó los ojos–. Pero no lo haré por cubrir las apariencias. Creo que posees un gran talento y, con el tiempo, llegarás lejos.

–He destacado sobre cualquier hombre de esta empresa en los últimos dos años –ella lo miró furiosa–. Estoy harta de intentar impresionarte, Jared. Al parecer, lo único que lo lograría sería una talla mayor de sujetador.

–No creo que haya un solo hombre en Silicon Valley que te encuentre escasa de nada, Bailey –Jared le dedicó esa sonrisa torcida que volvía locas a las mujeres–. Es que no les haces caso.

–Toma –Bailey le entregó una carta–. Considéralo mi respuesta a tu manifiesto.

–No aceptaré tu dimisión –tras leer la carta, Jared la rompió en pedazos.

–Alégrate de que no te denuncie –le espetó ella antes de darse media vuelta.

–Te he llamado para ofrecerte el puesto de vicepresidente de marketing, Bailey –las palabras de Jared hicieron que la joven se parara en seco–. Tu trabajo aumentando las ventas nacionales ha sido espectacular. Te mereces una oportunidad.

Tras tres largos años de intenso trabajo, el éxito la inundó de dicha, aunque de inmediato comprendió lo que estaba sucediendo realmente.

–¿Qué miembro de tu equipo te aconsejó que me ascendieras?

Si hubiera parpadeado se habría perdido la sutil contracción de ese pequeño músculo de la mandíbula. Pero no lo hizo, y la confirmación de sus sospechas la enfureció.

–Lo que quieres es que sea tu chica anuncio. Alguien a quien colocar bajo los focos para calmar a las masas.

–Lo que quiero es que seas vicepresidenta de mi departamento de marketing –Jared encajó la mandíbula–. No seas estúpida y tómalo. Pasado mañana nos esperan en casa de Davide Gagnon, en el sur de Francia, para presentar nuestro proyecto de marketing, y te necesito a mi lado.

Bailey quería negarse y marcharse de allí con la dignidad intacta. Pero no podía. Jared Stone le acababa de ofrecer la meta que se había jurado alcanzar. Y, a pesar de ser un idiota presuntuoso, también era la mente más brillante del planeta. A su lado podía estar segura de hacer historia, y de no regresar a la vida que se había jurado dejar atrás para siempre.

La supervivencia era más fuerte que el orgullo. Y en

su mundo no era inusual que los hombres ostentaran el poder. Pero ella sabía cómo hacerles el juego, cómo vencerles. Y vencería a Jared.

Sería su regalo para el sexo femenino.

–Acepto, con dos condiciones.

Él la miró con los ojos entornados.

–Duplicarás mi sueldo y me concederás el rango de directora jefe de ventas.

–No tenemos ningún director jefe de ventas.

–Ahora sí.

–Bailey...

–Entonces no hay trato –Bailey se dio media vuelta, dispuesta a marcharse.

–De acuerdo –accedió Jared–. Te concedo ambas condiciones.

En ese instante, Bailey comprendió que Jared Stone tenía serios problemas. Y ella estaba sentada a los mandos. Sin embargo, la euforia no le duró mucho tiempo. Acababa de firmar un pacto con el diablo. Y esas cosas siempre se acababan pagando.

Capítulo 2

VEINTICUATRO horas más tarde, la flamante directora jefa de ventas se sentó en el interior de un taxi con destino al aeropuerto de San José y un vuelo a Francia. El furor sobre el manifiesto de Jared Stone había alcanzado proporciones enloquecedoras. Dos organizaciones feministas habían pedido el boicot de los productos de Stone Industries en aras de lo que consideraban su «irresponsable y repugnante visión de las mujeres». La directora general del mayor detallista de ropa del país había declarado en un noticiario que era una pena que Stone no dedicara su talento a echar a los directores del consejo ante la cantidad de talento femenino que poblaba el valle.

En contrapartida, un blog masculino había calificado a Stone de «genio», y de un «soplo de aire fresco», por sus sinceras afirmaciones.

Incluso en la radio del taxi se invitaba a hombres y mujeres a llamar para dar su opinión. Un hombre alabó a Jared por sus «pelotas» para tomar el toro por los cuernos y llamar a las cosas por su nombre. Le siguió una mujer que tildó al anterior oyente de «reliquia cavernícola de tiempos pasados».

—Por favor —le pidió Bailey al taxista—, apáguelo o cambie de emisora. Ya no lo soporto más.

El taxista la miró con fastidio, pero cambió de emisora. Bailey sacó el móvil del bolso y llamó a la única persona a la que tenía siempre al corriente de su paradero, por si le sucedía algo.

–¿Dónde estás? –preguntó su mejor amiga y compañera de cuarto en la universidad de Stanford, Aria Kates–. He intentado contactar contigo desde que estalló este asunto de Jared Stone.

–Camino del aeropuerto –Bailey comprobó el estado de su carmín–. Me voy con él a Francia.

–¿A Francia? ¿No has dimitido aún? Bailey, ese manifiesto es intolerable.

–Me ha nombrado directora jefe de ventas.

–Como si te nombra obispo de la Iglesia de Inglaterra. ¡Es un cretino!

–Quiero este puesto, Aria –Bailey contempló el tráfico–. Soy consciente de por qué me ha ascendido. Sé que quiere utilizarme para que salga en la foto. Pero voy a aprovechar la oportunidad. Conseguiré lo que quiera y me marcharé.

Tal y como había hecho toda su vida, clavar las uñas para engancharse y utilizar su talento y determinación para triunfar. A pesar de que siempre le decían que jamás lo lograría.

Tras una pausa, su amiga volvió a la carga.

–Dicen que o conquista el mundo o arrastra a toda la empresa en su caída. ¿Estás preparada?

–¿Te he contado alguna vez por qué acepté trabajar para él? –Bailey sonrió.

–Porque estás embobada con ese cerebro suyo. Y sospecho que no solo con su cerebro.

–¿Qué quieres decir con eso? –ella frunció el ceño.

–Me refiero a la noche que te contrató. No te abordó por la inteligencia que detectó en esa bonita cabeza tuya. Lo que vio al otro lado de la habitación fueron tus piernas y se acercó a ti, momento en que sí lo impresionaste con tu inteligencia –su amiga suspiró–. Puede que te vuelva loca, pero os he visto juntos. Es como juntar el polo positivo y el negativo de una pila.

—Soy muy capaz de manejar a Jared Stone —Bailey arrugó la nariz.

—Esa afirmación me hace pensar que eres una ilusa... ¿a qué parte de Francia vais?

—A Saint-Jean-Cap-Ferrat, en el sur.

—Lo admito, estoy celosa. Bueno, pásatelo bien y no te metas en líos. Si es que puedes...

Bailey lo dudaba seriamente mientras pensaba en las doce horas de vuelo junto al lobo malo. Era verdad que al principio había sentido cierta fascinación por Jared, pero en cuanto había empezado a comportarse como el imbécil arrogante que era, y comenzado a relegarla, no le había supuesto un gran esfuerzo olvidar la atracción que despertaba en ella. Porque solo trabajaba en Stone Industries con un objetivo: hundir a Jared Stone y seguir adelante.

Y el plan maestro no había cambiado.

Para ser viernes por la tarde no había demasiado tráfico y Bailey se bajó del taxi frente a la pequeña terminal destinada a vuelos privados. Enseguida fue asaltada por un fuego cruzado de luces provenientes de las cámaras de fotos que la apuntaban. Se tambaleó mientras se le dilataban las pupilas frente a la luz blanca, pero una fuerte mano la agarró del brazo.

—Por Dios bendito —murmuró ella, aferrándose a su atractivo jefe mientras se abrían paso—. ¿Te arrepientes ahora de tu pequeña broma?

—Me arrepentí en el momento en que se difundió por toda la red —murmuró él, protegiéndola de un fotógrafo especialmente insistente—. Pero yo no soy hombre de lamerme las heridas.

No, no lo era, aunque sí era hombre de presentar un aspecto impecable ante la adversidad.

Los ajustados vaqueros negros envolvían unas fuertes y torneadas piernas, y el jersey azul cobalto resaltaba el brillo de sus ojos azules. El oscuro cabello, que parecía peinado por los dedos, le daba un aspecto rebelde.

Sumado a la cicatriz de pirata que atravesaba su labio superior, el resultado era una foto que sin duda acabaría en la portada de cualquier periódico.

Un fotógrafo esquivó a los dos guardaespaldas y apuntó al rostro de Bailey con un micrófono.

–Kay Harris la llamó «figura decorativa», esta mañana en su programa. ¿Algún comentario?

«Que tiene toda la razón», pensó ella mientras miraba al periodista con gesto indignado.

–Creo –afirmó, dirigiéndose a las cámaras que la enfocaban– que el señor Stone cometió un error por el que ya se ha disculpado. Fin de la historia –agitó una mano hacia su jefe–. Trabajo para una empresa brillante destinada a convertirse en líder de fabricación de consumibles electrónicos. Me siento muy orgullosa. Y... –estuvo a punto de atragantarse–, siento el mayor de los respetos por Jared Stone. Tenemos una gran relación profesional.

Bailey se vio asaltada por un bombardeo de preguntas, pero alzó una mano y anunció que tenían que tomar un vuelo antes de permitirle a Jared empujarla al interior de la terminal.

–¿Desde cuándo eres tan diplomática? –murmuró él.

–Desde que provocaste ese lío de ahí fuera –Bailey se detuvo, respiró hondo y se alisó la ropa.

–Gracias –Jared hizo lo mismo–. Te debo una.

Bailey apartó la vista de los intensos ojos azules. Mirar a Jared era como observar a todas las fuerzas del universo comprimidas en una forma humana. Lo había percibido la noche que la había abordado en ese bar y acabado contratándola. Pero en esos momentos no lo necesitaba, no cuando iba a pasar doce horas encerrada con él en un avión privado.

–No hay de qué –murmuró ella–, pero no hagas que lamente mis palabras.

–Estoy seguro de que ya las lamentas –observó Jared con un extraño brillo en los ojos.

Esa mirada le recordó a Bailey que entre ellos seguía habiendo una incómoda tensión.

–Después de ti –murmuró él mientras abría la puerta que daba al hangar.

Bailey subió la escalerilla del avión de diez plazas de Stone Industries. Era la segunda vez que subía al aparato. Un oficial realizó la comprobación rutinaria de pasaportes y después se sentaron en los lujosos y cómodos asientos de cuero para a continuación abrocharse los cinturones.

En cuanto despegaron, y el indicativo luminoso del cinturón se apagó, Jared sugirió que ensayaran la presentación. Tenía que quedar perfecta y estaba decidido a repetirla hasta que lo hubieran conseguido. Dado que todo aquello era nuevo para ella, iba a ser una noche muy larga.

Y lo fue. Sus estilos eran totalmente opuestos. A ella le gustaba improvisar, pero a él era evidente que no. Por no mencionar lo intimidante que resultaba cuando se apasionaba por un tema. Normalmente, ella era capaz de mantener su postura, pero él era demasiado inteligente, apasionado y seguro de sí mismo, dificultándole mucho la labor.

Cuatro horas más tarde, Jared se dejó caer en el asiento frente a ella y se frotó los ojos.

–Esto no funciona. Eres la reina de apartarse del guion.

–Hace que resulte más creíble –se defendió ella–. Eres tú el que pierde el hilo todo el rato.

–Estoy siguiendo las diapositivas –él la miró perplejo.

–Estás atascado en el proceso –Bailey emitió un sonoro suspiro–. Relájate. Hace maravillas. Resulta aún mejor cuando tengo público.

–Esa idea me asusta –Jared hundió el rostro entre las manos–. Lo digo en serio.

–Tomaré una copa de vino –Bailey le hizo una señal a la auxiliar de vuelo–. Me lo he ganado.

–Un whisky para mí –murmuró Jared antes de mirar a Bailey entre las pestañas más largas que ella hubiera visto jamás. Realmente divinas–. ¿Qué problema tienes en seguir el guion?

–Lo hago cuando es necesario –ella abrió los ojos desmesuradamente–. No olvides el numerito ante la prensa hace unas horas.

–Pones en duda todo lo que digo –gruñó él.

–Pongo en duda todo lo que no tenga sentido –aclaró Bailey–. Nunca había visto estos datos.

–Genial.

–Lo sería si todo el mundo pensara como tú. Davide Gagnon tiene una vena creativa. Necesitas apelar a ella.

–¿Ya te has convertido en una experta en ese hombre? –preguntó Jared con severidad.

–He hecho los deberes –Bailey abrió una latita de anacardos y se metió un puñado en la boca–. ¿Qué bien haría si accediera a todas tus palabras como una foca amaestrada?

–Ahora mismo, harías mucho bien, dado que es la única oportunidad que vamos a tener para ensayar la presentación –el rostro de Jared adquirió una expresión aún más lúgubre–. Davide es famoso por su vida social. Apuesto a que habrá preparado todas las veladas.

Bailey dio un respingo. Aunque se había informado del lujoso estilo de vida de Davide Gagnon y su afición por rodearse de la crema y nata de Europa, y a pesar de haber llenado la maleta con la vestimenta adecuada para tal afición, aborrecía ese estilo de vida. Había visto demasiado durante su época de bailarina en Las Vegas. Había visto la destrucción que podía provocar el dinero y el poder. Y, aunque ella era la chica que siempre regresaba a casa después del espectáculo, había quedado harta para toda la vida.

Su mantra había sido centrarse en los estudios, obtener el título y largarse de allí.

–¿Bailey?

–Lo siento –parpadeó ella al descubrir a su jefe mirándola con impaciencia.

–Decía que Davide siente fascinación por las rubias. Tú serás mi arma secreta.

–Si sugieres que coquetee con él –ella lo miró con hostilidad–, olvídalo. No me puedo creer que hayas dicho eso, teniendo en cuenta que tu reputación pende de un hilo y que soy lo único que la mantiene a flote.

–Lo que te iba a pedir, Bailey, era que le cayeras bien, no que te acostaras con él.

–Discúlpame por malinterpretar tus palabras –Bailey estaba furiosa–. Al parecer, las mujeres solo servimos para buscar a un hombre rico que nos mantenga y nos permita vivir según el estilo de vida al que estamos acostumbradas.

–Tú eres la que acaba de decir que ya me he disculpado y que habría que dejar estar el pasado –un músculo se tensó en la mandíbula de Jared–. Quizás podrías hacer un esfuerzo...

–Lo dije de cara a la galería –Bailey tomó la copa de vino–. Pero has de saber que el respeto personal que siento por ti realmente está bajo mínimos.

–Mientras conserve tu respeto profesional –el azul de sus ojos se oscureció–, tu opinión personal me trae sin cuidado.

Así era él, un hombre movido únicamente por el éxito. Era famoso por ello y Bailey no podía reprocharle nada al respecto porque ella era exactamente igual.

–No obstante, sí siento curiosidad por una cosa –ella tomó un sorbo del exquisito vino tinto.

Su jefe arqueó una ceja.

–¿Qué opinas realmente de las mujeres?

–Si crees que voy a contestar a eso es que me consideras aún más estúpido de lo que soy.

–No tanto –insistió ella–. Quiero saberlo.

–Creo que el secreto de las relaciones se remonta al origen de los tiempos –tras contemplarla largo rato, él se encogió de hombros–. En la época de las cavernas, los hombres cazábamos, proveíamos. Las mujeres nos quieren por lo que les podemos ofrecer. Y en cuanto dejamos de proveer, buscan a otro mejor –murmuró–. Somos prescindibles.

Bailey se quedó muda de la impresión. Considerando que su madre había sido la responsable de mantener a flote su hogar, ya que su padre, alcohólico empedernido, estaba la mayor parte del tiempo sin trabajo, el comentario le parecía absurdo.

–No puedes hablar en serio –observó–. No puedes meter a todas las mujeres en el mismo saco.

–¿Quién ostenta realmente el poder? –Jared se encogió de hombros–. Piénsalo.

–¿Y qué me dices de las mujeres que se mantienen solas? –ella frunció el ceño–. Mujeres que aportan la misma nómina a la relación.

–En una relación siempre hay un equilibrio de poder. Y, cuando una mujer ostenta el poder, la relación no puede durar. Las mujeres nos necesitan para que dominemos. Para proveer.

–Eso es ridículo –Bailey lo miró fijamente–. Eres insoportable.

–Esta semana me han llamado cosas peores –él sonrió–. Vamos, admítelo, Bailey, a una mujer fuerte como tú le debe de gustar que un hombre tome el control. De lo contrario lo aplastarías.

Una alarma saltó en la cabeza de Bailey. Se estaba adentrando en un terreno muy peligroso.

–Al contrario –alzó la barbilla y lo miró a los azules ojos–, lo que me gusta es tener el control, igual que tú, Jared. Siempre. ¿Aún no te has dado cuenta?

La temperatura del aire subió de repente entre ellos varios grados.

–¿Volvemos al ensayo? –sugirió ella tras tomar un sorbo de vino.

–Después de cenar –Jared señaló la copa de vino–. Disfruta del vino. Alterna un poco.

Bailey intentó buscar algo neutro de lo que hablar, pero no lo encontró. Para disimular, sacó el carmín de labios del bolso y se dispuso a aplicarse un retoque.

–No lo hagas.

–¿Disculpa? –ella se detuvo con la barra de carmín en el aire.

–No renueves esa pintura de guerra. Estás perfecta sin ella.

Bailey sintió un intenso calor. Seguramente habría utilizado las mismas palabras con un sinfín de mujeres. ¿Por qué había guardado el carmín en el bolso, sustituyéndolo por una pomada labial incolora?

–Siempre vas impecable, Bailey, incluso tras cuatro horas de ensayos –arqueó las cejas inquisitivamente–. ¿A qué se debe esa fachada? ¿Qué temes que descubran si te relajas?

–Trabajo en el mundo dominado por los hombres de Silicon Valley –ella le dedicó un gesto de desafío–. Si muestro la menor señal de debilidad, me pisotearán. Tú lo sabes mejor que nadie.

–Quizás –asintió él–. ¿Por eso los rechazas a todos?

–Ese sería su problema. Y se trataría de mi vida privada, que no es el objeto de esta conversación.

–Claro que lo es –insistió Jared con dulzura–. Debemos convertirnos en una maquinaria perfectamente engrasada. Debemos conocernos, anticiparnos, movernos al unísono. Confiar el uno en el otro. Ahora mismo somos un caos total. La confianza brilla por su ausencia y no sé absolutamente nada de ti.

Bailey sintió un escalofrío. Nadie la conocía, salvo, quizás, Aria. El mundo conocía a la Bailey St. John, mujer de éxito, que había fabricado a base de fuerza de voluntad. Una versión femenina de Terminator, y ni siquiera Jared iba a desenmascararla.

Iba a necesitar una buena actuación. Tomó la copa de vino y la acunó contra el pecho antes de adoptar la pose de entrevistada que había perfeccionado con los años.

–Pregunta. ¿Qué quieres saber?

Jared se acomodó en el asiento y analizó la postura engañosamente relajada. Por las evasivas respuestas no le cupo la menor duda de que solo iba a ofrecerle una parte de la historia. Pero al menos era algo. No conseguían conectar a ningún nivel, salvo por las chispas que saltaban entre ellos. Lo cual estaría bien para la cama, pero no ayudaba mucho cara a la presentación ni cuando la prensa se le echaba encima.

Si Bailey y él presentaban su proyecto tal y como estaba en ese momento, se hundirían como el *Titanic,* lenta y dolorosamente.

–He estado repasando tu currículum –Jared tomó un trago de su copa–. ¿Por qué empezaste en la universidad de Nevada-Las Vegas? Parece una elección extraña viniendo de Florida, ¿no?

Ella asintió.

–¿Te concedieron una beca?

–Soy de una pequeña ciudad de cerca de Tampa, Lakeland –la mirada opaca que había perfeccionado con el tiempo hizo su aparición estelar–. Quería salir de allí, y la universidad Nevada-Las Vegas tenía un buen programa en Empresariales.

–¿Y por eso elegiste la ciudad del pecado?

–Me pareció un lugar tan bueno como cualquier otro.

–¿Tuvo algo que ver el hecho de que no estés unida a tu familia?

–¿Por qué dices eso?

–Nunca te vas a casa por vacaciones y jamás hablas de ellos. Lo he dado por hecho.

–No estoy muy unida a ellos, no –los ojos azules de Bailey centellearon.

–Tras pasar por la universidad de Nevada –continuó él, concluyendo que el tema de la familia era un punto delicado–, hiciste un máster en Stanford y de ahí al estrellato. ¿Siempre quisiste trabajar en Silicon Valley?

–Me encanta la tecnología –ella asintió–. De no haber hecho una carrera empresarial, habría estudiado Ingeniería.

–Es una profesión muy demandada –asintió él–. ¿De dónde te viene el interés? ¿De tus padres?

–Del colegio –ella sonrió–. Mi asignatura preferida era la de ciencias. Mis profesores me animaron a seguir por ese camino.

–¿Y tus padres? –insistió él–. ¿A qué se dedican?

Si no la hubiera observado atentamente, como un halcón, no habría percibido el ligero respingo.

–Mi padre es viajante y mi madre peluquera.

Jared abrió los ojos desmesuradamente. Ese pasado no encajaba en absoluto con la mujer que tenía delante. Encajaba más entre la aristocracia, o al menos en una familia adinerada. Todo en Bailey era perfecto. Elegante de los pies a la cabeza, de piernas largas y bien torneadas, sofisticada y de gustos impecables.

–De modo que sin pareja ni familia –continuó él–. ¿Con quién pasas tu tiempo libre? Claro, nunca te tomas tiempo libre...

–Deberías alegrarte por ello. Gracias a eso tus cifras de ventas son tan impresionantes.

–Me gusta que mis empleados tengan una vida –contestó Jared secamente.

–Tengo amigos.

–¿Aficiones? ¿Pasatiempos?

Tras un largo silencio, al fin Bailey dio con una respuesta adecuada, aunque no la verdadera.

–Me gusta leer.

–Sí, claro –él asintió–. De modo que los viernes por la noche regresas a casa donde te espera un libro. Suena terriblemente aburrido.

–Jared... –Bailey suspiró–. ¿Te muestras políticamente correcto alguna vez?

–Espero hacerlo este fin de semana.

–¿Ya tienes bastante información? –ella sonrió–. ¿Podemos pasar a tu fascinante historia?

–Por el momento me conformaré –Jared le llenó la copa de vino.

–Quiero saber si es verdad –Bailey se acomodó en el asiento y recogió las piernas, mostrando unas impresionantes pantorrillas–, que tu amor por la electrónica surgió en el garaje de tu padre.

–Mi padre era banquero –él asintió–, pero su verdadera pasión era arreglar motores de coches.

–Has dicho «era» –Bailey frunció el ceño–. ¿Ya no lo es?

–No –el muro defensivo se colocó en posición como un cerrojo en Alcatraz–. Malversó fondos del banco, de sus amigos, e intentó recuperarlo todo apostando en Las Vegas.

–¿Y lo descuartizaron?

–Sí.

–Lo siento, no tenía ni idea.

–No suelo mencionarlo en mi biografía –Jared hizo una mueca–. El banco hizo una buena labor silenciadora y solo los más cercanos lo saben.

Bailey lo miró a los ojos mientras se preguntaba por qué se lo había contado a ella.

–Confianza –murmuró él, interpretando su mirada–. Has compartido tu historia conmigo, y yo comparto la mía contigo. Lo dije en serio, Bailey. Esta será la presentación más importante de la historia de Stone Industries. No habrá una segunda oportunidad. Tenemos que hacer que sea perfecta.

Ella se mordió el labio inferior mientras él la miraba fijamente.

–Tendrás que darlo todo, Bailey.

–Lo haré –ella asintió.

–Bien –Jared pareció aliviado–. Intentémoslo de nuevo con la segunda parte.

–¡Ay!

–¿Qué sucede?

–Anoche dormí en una mala postura –Bailey se llevó una mano al cuello.

–Ven aquí.

Ella lo miró perpleja.

–Estas son mágicas –Jared le mostró las manos–. Déjame ayudarte.

–Se me pasará –ella sacudió la cabeza–. Sigamos con...

–Está claro que así no puedes concentrarte –él se levantó y señaló el sillón–. Serán cinco minutos.

Resignada, Bailey se sentó en el asiento que su jefe acababa de dejar libre.

–Es aquí –le indicó señalando el foco del dolor.

–¿Aquí? –Jared se sentó en el borde del sillón y deslizó los dedos por el cuello de la joven.

–Sí –gruñó ella–. Cuidado. Duele mucho.

–Confianza, no lo olvides –él empezó a trabajar los músculos, aflojándolos hasta llegar al centro del dolor. Sintió cómo se relajaba, aunque no del todo, y se preguntó si alguna vez esa mujer se permitía mostrarse vulnerable.

Prosiguió soltando los nudos que se habían formado por la postura forzada. Esperaba que ella protestara, que le asegurara que ya bastaba. Pero no lo hizo. ¿Por qué demonios seguían las manos sobre ella?

El olor del suave perfume le llegaba claramente. Suave y a la vez intenso. Igual que ella. Sintió una opresión en el pecho y las manos empezaron a moverse con mayor lentitud. Ella también debió de notarlo, pues su respiración cambió, acelerándose.

Bailey St. John, la reina de los desplantes, lo deseaba.

El sorprendente descubrimiento lo llevó a un lugar al que no deseaba ir. La mujer codiciada por todos los hombres de Silicon Valley no era inmune. No podía estar más lejos del ser asexuado que algunos sugerían que era. Y se le ocurrió que quizás había evitado trabajar con ella, ascenderla, precisamente por ello. Porque iban a tener que trabajar muy juntos. Porque había deseado desvelar el misterio que encerraba desde el momento en que la había contratado.

El cuerpo se le tensó ante la subida de testosterona. ¿Cómo no se había dado cuenta antes? Lo sabía desde el colegio: los chicos solo se peleaban con las chicas que les gustaban. Deseaba a Bailey en su cama, bajo su cuerpo.

–¿Bailey?

–¿Umm? –el tono ronco y sensual, cargado de placer, no hizo más que empeorar la situación.

–Creo que he descubierto cuál es nuestro problema.

–¿Nuestro problema?

–Sí –Jared deslizó los dedos hasta la base de la nuca–. Este.

Capítulo 3

BAILEY se apartó tan bruscamente de las manos de su jefe que casi volvió a provocarse la misma lesión que él acababa de curarle. Al mirarlo a los ojos, vio reflejado en ellos el mismo y ardiente deseo sexual que había estado alimentando sus fantasías.

–Nosotros... yo... –balbuceó ella en un intento de negar lo que estaba sucediendo.

–Solo hay una forma de llamarlo, Bailey –Jared alzó una mano–. Atracción sexual adulta y pura.

–Ya estás haciendo gala de tu descontrolado ego, Jared –el pulso de Bailey latía alocado y las mejillas se le habían incendiado. No servía de nada negar lo evidente, pero tenía que intentarlo–. Me vuelves loca, me desquicias por lo opuestos que somos, pero no me siento atraída hacia ti.

Jared encajó la mandíbula y sus ojos emitieron un brillo desafiante, como si estuviera a punto de golpearse el pecho con los puños. Bailey prácticamente dejó de respirar. En su mente se mezclaba el irracional deseo de que ese hombre perdiera el control, con el sentido común que la empujaba a crear un completo estado de inercia.

–Creo –observó él–, que se trata de una cuestión semántica. Opuestos, atracción. Llámalo como quieras. Lo que tenemos que averiguar es cómo hacer funcionar la presentación.

Bailey respiró hondo para calmar sus nervios. Jared tenía razón, tenía que aclarar ese asunto de la atracción y los opuestos antes de hacer el más completo de los ridículos.

—¿Qué te parece si intentas dejarte ir, seguir la corriente, y yo intento ceñirme más al guion? —sugirió con la mirada más fría que consiguió generar—. Quizás nos encontremos a medio camino.

—Merece la pena intentarlo.

Cenaron un delicioso plato de solomillo y ensalada, pero Bailey apenas tomó vino, para mantener la mente despejada. Se había equivocado al bajar las defensas, al revelar una atracción que ni siquiera había reconocido ante sí misma. Pero no iba a volver a cometer el mismo error.

El último ensayo no resultó perfecto, pero sí mucho mejor que los primeros intentos. Dando muestras de su gran generosidad, Jared le concedió un par de horas de sueño antes de aterrizar.

El lujo del que iban a disfrutar durante el viaje quedó patente en cuanto pusieron los pies en el aeropuerto de Niza donde les aguardaba, no un coche, sino un flamante helicóptero de la flota privada de Davide Gagnon.

El vuelo sobre la Costa Azul, bañada por el mar, hasta la famosa península de los multimillonarios, entre Niza y Mónaco, les permitió disfrutar de la visión de algunas de las más exclusivas villas de la Riviera francesa. Bailey ya había estado en el sur de Francia con su amiga Aria, pero no estaba en absoluto preparada para lo que veían sus ojos.

Jared la contempló divertido mientras ella charlaba animadamente con el piloto, formulándole un sinfín de preguntas. El helicóptero tomó tierra en el helipuerto privado de los Gagnon. La temperatura era agradable, pero se esperaba más calor para el fin de semana.

El ama de llaves de Davide Gagnon les recibió frente

a la espectacular villa de fachada de color crema, situada directamente sobre la bahía. Su anfitrión todavía no había regresado de una importante reunión, pero los saludaría durante la velada preparada para aquella noche, les informó. Hasta entonces, tenían completa libertad para explorar la propiedad y disfrutar de la playa y un refrigerio. Bailey tomó un poco de ensalada antes de dirigirse a la suite con vistas al mar que le habían asignado, contigua a la de Jared, y disfrutar de una agradable siesta.

Cuando se despertó, una hermosa puesta de sol en tonos anaranjados dominaba el horizonte. Bailey salió a la terraza para contemplar el espectáculo. Habría dado casi cualquier cosa por poder sentarse a contemplar el paisaje con una copa de vino en la mano, pero eran casi las seis de la tarde. Tenía que ducharse y arreglarse para enfrentarse a los elegantes invitados de Davide Gagnon. Con suerte, los años de práctica le permitirían ocultar sus humildes orígenes.

En una sala de juntas, enfrentada a los más agresivos empresarios, se mostraba como una roca, pero en un acto social, como el de aquella noche, necesitaba hacer acopio de todas sus habilidades de supervivencia. El entrenamiento le había enseñado a usar el tenedor correcto y qué vino beber con según qué plato. Pero no la había convertido en uno de ellos. Jamás lo haría.

Sin apartar la vista de la explosión de color del cielo, se recordó que esa clase de fiestas se celebraban para establecer contactos. Lo había aprendido durante su etapa como bailarina. Sabía cómo conseguir lo que quería de unos hombres que habían acudido al club para observarla. No podía diferir mucho de la velada que le aguardaba. Su objetivo sería Davide Gagnon. Debía utilizar lo que sabía sobre él, lo que sabía sobre los hombres como él, para convencerle de la necesidad de asociarse con Stone Industries.

Demostrarle a Jared que había estado menospreciando un incalculable talento.

A regañadientes, se apartó del impresionante paisaje y regresó a la suite. Aunque no pudiera disfrutar de la puesta de sol, sí se iba a tomar una copa de vino para relajarse un poco. Con la copa en la mano entró en el espectacular cuarto de baño y se duchó.

Envuelta en el grueso albornoz que colgaba de la puerta, entró en el vestidor. Tenía muy claro qué elegir, el vestido de cóctel en color champán que le llegaba justo por encima de las rodillas. La tela era de una suave seda que se abrazaba a sus curvas. Sexy, aunque conservador.

Bailey comprobó su aspecto en el espejo de cuerpo entero. La mujer que la contemplaba no tenía ni un átomo de vulgaridad. El vestido era caro y se notaba.

Se peinó el cabello en una suave maraña de rizos y terminó con una leve capa de maquillaje y brillo de labios. Acababa de echarse unas gotas de perfume cuando alguien llamó a la puerta.

Descorrió el cerrojo y descubrió al otro lado de la puerta a su jefe, vestido con un esmoquin exquisitamente hecho a medida. Estaba impresionantemente guapo, desde los pies a la cabeza.

Jared siguió a Bailey al interior de la suite. Su invitación a entrar, formulada descalza y con una copa de vino en la mano, le había provocado una extraña sensación. El vestido de color champán se abrazaba a cada curva como si lo hubieran cosido sobre su cuerpo. Los suaves y ondulados cabellos caían sobre los hombros, sujetos a un lado con un pasador de diamantes con forma de mariposa. El rostro apenas iba maquillado. Era la mujer más hermosa que hubiera visto jamás.

Sus intentos por desviar la atención hacia la decoración de la suite fracasaron al posar la mirada en las largas piernas. De haberse tratado de una cita, se habrían saltado el cóctel. Habrían contemplado juntos la puesta de sol. Le habría arrancado el vestido con los dientes y le habría hecho llegar al clímax al menos dos veces antes de reunirse con los demás.

Y eso solo para empezar. Después de la velada habría sido otra historia.

–¿Jared?

–Disculpa –Jared tosió y desvió la mirada al rostro de la joven.

–¿Los zapatos dorados o los de color champán? –preguntó ella ruborizándose.

–Dorados –murmuró–. Contrastan con el vestido.

–Muy bien –ella dejó caer el otro par sobre la alfombra y se puso los zapatos elegidos.

En cuanto el cerebro de Jared se despejó un poco, fue consciente del gesto tenso de Bailey. Vació la copa de vino de golpe, recordándole el gesto tantas veces visto en su padre, cuando debía asistir a alguna de esas reuniones de banqueros en las que nunca se había sentido cómodo.

–¿Estás nerviosa? –le preguntó confuso–. Ya conoces el plan. Solo nos queda averiguar cuál es la postura de Maison Electronique con respecto al medio ambiente.

–Lo tengo todo en la cabeza, Jared. Todo controlado.

Jared no se dejó convencer por la aparente calma de su empleada. Las confesiones realizadas en el avión habían aclarado una cosa sobre Bailey. No había nacido rica. Hacía un excelente trabajo aparentando que había sido así, pero no era verdad.

–¿No te das cuenta? –él se acercó un poco más–. Siempre eres la mujer más hermosa de cualquier reunión, y la más inteligente.

–Apuesto a que esa frase te resulta de lo más rentable –ella sonrió tímidamente.

–No te imaginas cuánto –él se rio–. Pero jamás lo había dicho tan en serio como ahora. Limítate a ser tú misma. Los dejarás a todos sin sentido.

–Deberíamos irnos ya –Bailey asintió.

–¿Preparada? –sin saber muy bien por qué, Jared le tomó la mano en lugar de ofrecerle su brazo.

–Preparada.

Aparecieron en la amplia terraza que rodeaba toda la villa, iluminada bajo la cálida noche, donde había ya unas cincuenta personas. Jared enseguida reconoció a varios artistas de cine.

Gagnon no había reparado en gastos. Un cuarteto tocaba música en directo, los camareros, vestidos de etiqueta, circulaban entre los invitados ofreciendo champán y, según le habían contado, una famosa cantante francesa actuaría más tarde. Al parecer, se trataba de la amante de un ministro del gobierno francés. Sin embargo, él solo tenía un objetivo en mente, sacarle a Davide Gagnon la información que necesitaba para culminar su estrategia.

No le pasó desapercibida la atención que despertaba su acompañante. Había muchas mujeres hermosas, pero Bailey las eclipsaba a todas, brillando más que las estrellas de Hollywood presentes en la velada. Pero, fiel a su estilo, Bailey las ignoraba a todas, centrada en su objetivo.

Davide Gagnon se acercó a ellos. El bronceado rostro, que aparentaba menos años de los que tenía, se iluminó con una sonrisa al tomar la mano de Bailey y llevársela a los labios.

–Mi piloto me informó de lo encantadora que eres –murmuró–, pero se quedó corto.

Bailey sonrió y devolvió el cumplido en un perfecto

francés, hablado con un acento parisino tan sexy que dejó boquiabierto a Jared.

–Creo que me acabo de enamorar –Davide suspiró sin soltarle la mano–. ¿Qué estás haciendo con el hombre más polémico de esta reunión, *ma chère*?

–También es el más brillante –puntualizó Bailey con dulzura–. Estoy con él por su inteligencia.

Jared la miró, convencido de que a esa mujer le gustaba mucho más que su inteligencia. Quizás fuera la expresión del rostro de Davide. Quizás fuera la escena de los zapatos. En cualquier caso, iba a comportarse como un buen chico. No podía permitirse ningún error.

–Tienes una casa magnífica –observó cuando Davide al fin se dignó a soltar la mano de Bailey para estrechar la suya–. Gracias por la invitación.

–Has aumentado la categoría de mi lista de invitados –contestó el distinguido francés–. Sea porque te adoran, o porque te odian, todo el mundo quiere conocerte.

–Fue una broma privada que jamás debería haberse difundido –Jared percibió la desaprobación de Davide.

–Pero se difundió –insistió el otro hombre–, ofendiendo al cincuenta por ciento de la población.

–Se pasará –la tensión se evidenciaba en la mandíbula de Jared.

–Eso pensó Richard Braydon cuando se publicaron en YouTube sus opiniones sobre los franceses –Gagnon lo miró fijamente–. Pero terminó por arruinar su negocio.

–Se pasará –insistió Jared–. Y, cuando veas nuestro plan de marketing, no tendrás ninguna duda.

–De ti solo espero brillantez, Stone –el otro hombre inclinó la cabeza–. Lo que me despista son las cartas que me arrojas.

Jared apretó los dientes mientras Gagnon daba por terminada la conversación e iniciaba las presentaciones. Aunque, en realidad, a la única a la que presentaba era a Bailey.

El resto del cóctel lo dedicó a excusarse por el manifiesto, que ciertamente parecía tener una proyección global. Harto del comunicado, y bastante irritado consigo mismo, se sentó a cenar en el lugar que le habían destinado: al lado de Micheline, la hija de Gagnon. ¿Broma o castigo? En cualquier caso, Jared estaba seguro de morir antes de los postres. Micheline no perdió la ocasión para explicarle lo mucho que el manifiesto había denigrado todo aquello por lo que ella trabajaba.

Para cuando sirvieron el segundo plato, él estaba dispuesto a arrodillarse ante esa mujer y permitir que le clavara agujas por todo el cuerpo si con ello conseguía que se callara.

Bailey, por supuesto, había sido sentada junto a Davide y pasó toda la cena charlando amistosamente en ese perfecto francés del que él no entendía ni una palabra.

—Ha sido un golpe maestro de estrategia, Jared —Micheline desvió la mirada hacia su padre y sus labios dibujaron una cínica sonrisa—. Sabes que mi padre no puede resistirse ante una rubia.

—Es una mujer extremadamente inteligente —murmuró Jared algo irritado.

Los postres se alargaron con los licores, pero nadie se movió. Al fin apareció la cantante francesa y Jared vio la oportunidad de recuperar a su directora jefe.

—¿Bailamos? —propuso en un tono ligeramente beligerante.

Ella asintió y se excusó ante Davide. Las zancadas de Jared salvaron en escasos segundos el espacio entre las mesas y la pista de baile, situada en la terraza.

—¿Tenías pensado incluirme en tu fiestecita? —rodeando a Bailey por la cintura, la atrajo hacia sí.

—Me dijiste que me lo trabajara, Jared —ella suspiró—. Y es lo que estoy haciendo.

—Tremendamente bien.

Bailey apretó los labios como única respuesta.

–¿Cuándo ibas a decirme que hablas francés?

–Está en mi currículum –señaló ella–. Al lado de donde pone que hablo también español e italiano.

–Tengo la impresión de que ese currículum tuyo no vale ni el papel en el que está impreso –gruñó Jared mientras aspiraba el aroma floral del perfume de la joven y se la imaginaba sin ese vestido–. ¿Qué otros trucos tienes guardados en la manga? Solo para que me haga una idea.

–Supongo que te habrá desconcertado la frialdad de Davide hacia ti –Bailey frunció el ceño–, pero no puedes culparme a mí de ello.

–No te estoy culpando, me estoy preguntando quién eres. Te pones a hablar en un perfecto francés y luego dedicas la cena a discutir sobre Platón.

–Lo estudié en la universidad. Es el filósofo preferido de Davide.

–Por supuesto. También está claro que le has encandilado.

–Estoy utilizando el cerebro, Jared –Bailey endureció el gesto hasta igualarlo con el de su jefe–. Algo que, al parecer, no hacen las mujeres con las que sales. Entiendo que te cueste apreciarlo.

–Aprecio tu cerebro.

–Sí, claro –replicó ella en tono escéptico–. Estoy averiguando muchas cosas. Empiezo a hacerme una buena idea de cómo funciona su mente. Le he expuesto algunas ideas y...

–¿Le has expuesto algunas ideas? –la interrumpió él furioso–. No quiero que le expongas ninguna idea, quiero que te ciñas al guion.

–Le han gustado –Bailey apretó los labios–. En realidad, le han encantado.

–¿Y de qué ideas estamos hablando? –Jared apenas podía contener el volcán de su interior.

–Una de las mías –ella se sonrojó violentamente–. La de los quioscos en los estudios de yoga...

–Esa no estaba en nuestro plan –él soltó un juramento–, y no lo estará jamás. Contrólate.

–Le ha encantado, Jared –Bailey alzó la barbilla–. Dijo que estaba pensando justamente en algo así. Quizás sea el momento de que abras tu mente. Utiliza la imaginación.

–Ya estoy utilizando la imaginación –le espetó él mientras recorría con la mirada el ajustado vestido–. Y no me gusta hacia dónde me lleva.

–No me mires así –ella tragó nerviosamente–. Estamos negociando un acuerdo comercial, ¿recuerdas? Céntrate.

–Estoy centrado –murmuró Jared–. Como todos los hombres de esta fiesta, dedico toda mi atención a ese vestido. ¿Qué piensas hacer al respecto?

Bailey abrió los ojos desmesuradamente y miró a su jefe como un cervatillo atrapado por un foco de luz. Al cabo de unos segundos, parpadeó y se apartó de él.

–Márchate –le aconsejó con dulzura–. La prensa tiene razón sobre ti, Jared. Has perdido la noción de la realidad y quizás deberías pensar en qué necesitaremos para ganar este combate.

Jared se quedó muy quieto, con los puños apretados y los brazos a los lados del cuerpo, sintiendo una irrefrenable necesidad de estrangular a esa mujer.

–El medio ambiente solo es un aspecto periférico de los intereses de Davide –a punto de marcharse, ella le ofreció otro importante dato–. Es consciente de que les importa a los consumidores, pero también lo es de que no están dispuestos a abonar un sobrecoste por ello.

Antes de que le pudiera contestar, Bailey se dio media vuelta y se marchó mientras su jefe se preguntaba si estaba en lo cierto, si él se hallaba fuera de control. Porque lo único que había pretendido era construir una compañía de calidad, que lograra hacer posible lo imposible. Y, cuando por fin estaba a punto de alcanzar la cima del éxito, estaba logrando todo lo contrario. Se dedicaba a engatusar a los políticos, a dorarle la píldora al consejo de administración, a desarrollar estrategias de marketing. Todo muy alejado del negocio producto de su inspiración.

Y le estaba volviendo loco.

Soltó otro juramento y siguió a Bailey, pero antes tuvo que reconocer una cosa. La idea del quiosco en los salones de yoga era brillante. Ya se lo había parecido cuando ella se lo había mencionado, pero los ensayos finales no eran el momento de añadir cosas nuevas.

Bailey pasó el resto de la velada intentando manejar a un furioso Jared. Davide Gagnon, al parecer, estaba castigando a su jefe con su indiferencia.

Tenía la sensación de ocuparse del control de daños. Y también de que se le escapaba una pieza del rompecabezas: la conexión entre la brillantez de Jared y la creatividad de Davide. Al francés le encantaban las ideas que ella le había expuesto. Bailey se sentía casi arrogante.

Se sentía poderosa.

–Mi hijo, Alexander, llegará mañana por la noche –les explicó Davide–. Dado que asumirá la dirección de Maison Electronique cuando yo me retire el año que viene, quiero que lleve él estas negociaciones. ¿Por qué no disfrutáis del día mañana, conocéis a Alexander durante la cena y nos ofrecéis la presentación el domingo?

Jared, deseoso de terminar cuanto antes con la presentación, asintió como si fuera la idea más estupenda que hubiese escuchado en años.

–¿Tienes la intención de apartarte poco a poco del negocio durante los próximos meses?

–Pero seguiré muy presente –Davide asintió–. Mi hijo es ambicioso y agresivo, pero necesitará que le orienten –miró a Jared con gesto divertido–. Te gustará. Le gusta ganar tanto como a ti.

–Eso es bueno –Jared sonrió, aunque en su mente ya preveía horas de interminables ensayos.

–Debo despedir a mis invitados –observó Davide–, y después creo que voy a retirarme.

A las dos y media de la madrugada, a Bailey no se le ocurría nada mejor que irse a la cama. Los tacones la estaban matando, sufría jet lag y estaba mentalmente agotada por haber mantenido toda la noche esa perfecta fachada y hablar en francés. Además, estaba Jared, que en esos momentos la acompañaba a la suite, silencioso como un depredador a punto de atacar.

El pasillo se extendía interminable ante ellos. Jared se paró ante la suite de Bailey y le abrió la puerta. La tensión sobrecogió a la joven mientras se arriesgaba a mirarlo a los ojos. La mirada penetrante de Jared le hizo bascular inquieta el peso del cuerpo de un pie al otro. Lejos de él.

–No debería haber dicho...

Bailey se quedó sin aliento cuando su jefe se acercó a ella y apoyó una mano en la pared.

–Añade lo del yoga a la presentación, Bailey. Gánatelos. Y jamás vuelvas a proponer una estrategia sin consultarlo antes conmigo, o disfrutarás de la carrera más corta de la historia de Stone Industries.

Jared retiró la mano de la pared, se dio media vuelta y entró en su suite antes de que ella pudiera volver a respirar. Bailey se quedó paralizada durante unos cinco segundos antes de entrar en su habitación. Apoyó la espalda contra la puerta y en su rostro se dibujó una sonrisa triunfal.

Había ganado. Había obligado a Jared Stone a admitir que su idea era buena.

La sonrisa se borró lentamente de su rostro mientras la adrenalina corría por su interior. Hacía escasos segundos, durante un instante, había estado segura de que Jared iba a besarla. Peor aún, durante una fracción de ese instante, había deseado que su jefe la besara.

Respiró hondo y se cubrió la boca con el dorso de la mano. ¿Desde cuándo se había vuelto una entusiasta de la ruleta rusa?

Y se había jugado su carrera.

Quizás debería empezar a pensar en estrategias alternativas.

Capítulo 4

BAILEY se despertó dispuesta para la batalla y ensayó su idea sobre el yoga hasta que quedó perfecta. Se vistió con unos pantalones cortos y un top, y sonrió al pensar en su madre. Su familia le había dado la espalda cuando había empezado a bailar, pero aun así, conservaba algunos buenos recuerdos de su infancia.

A menudo pasaba los sábados sentada en uno de los raídos sillones de la peluquería de su madre, era mejor que enfrentarse al incierto estado de ánimo de su padre, equilibrado si no había bebido en exceso, o abiertamente cruel si lo había hecho. Tras terminar los deberes, escuchaba fascinada las conversaciones de las clientas. Conversaciones muy ilustrativas para una niña de diez años que se aseguraba de no perder detalle.

Con el tiempo había empezado a fijarse en los silencios de su madre. Escuchaba, pero apenas hablaba. Sonreía, aunque no del todo. Y Bailey se preguntaba si su madre sabría lo que ella sabía. Su esposo no solo era un borracho violento, incapaz de superar el fin de sus gloriosos días de jugador de rugby, también le era infiel. No era la primera vez que la niña había contestado al teléfono y pasado a su padre la llamada de una tal Janine, una supuesta clienta.

Siendo adolescente, la máscara se le había caído del todo. Poco importaba que su madre le comprara unos pantalones cortos el sábado, si la ropa del colegio empezaba a caerse a trozos. Poco importaba cuando nadie se juntaba con ella porque era el paradigma del aburrimiento.

Los recuerdos inundaron la hermosa suite de Cap-Ferrat. Bailey apretó los labios y se recogió el cabello en un elegante moño antes de bajar a desayunar. Davide y Jared estaban planeando una visita a una galería de arte de Niza. Davide Gagnon se levantó y besó a Bailey en ambas mejillas.

–¿Te gustaría venir con nosotros, *ma chère*? Los Chagall son espectaculares.

–Suena muy tentador –admitió ella–, pero no, gracias, tengo trabajo.

Jared murmuró un saludo y ella lo miró de reojo mientras se servía un café. Recién afeitado, resultaba irritantemente comestible con esos vaqueros y la camiseta que abrazaba los músculos del torso y los hombros justo donde debía. También parecía más relajado. Seguramente, se había levantado a las cinco de la mañana para ese rollo del budismo. Según los rumores, tras fracasar en los estudios, había pasado tres meses en la India como discípulo de un maestro zen. Los ingenieros de su empresa se quejaban de sus principios inspirados en la simplicidad y aseguraban que jamás culminarían su trabajo si no los dejaba en paz.

Obligándose a apartar la mirada de toda esa masculinidad, se centró en un cruasán que untó con mantequilla. Regla número uno en su nueva estrategia para manejar a Jared: nada de babear.

Los dos hombres partieron hacia Niza en uno de los coches deportivos de su anfitrión. Seducida por las olas del mar y la oportunidad de respirar aire fresco, Bailey se acomodó en una de las terrazas con vistas al mar, se untó el cuerpo con protector solar y se puso a trabajar.

A primera hora de la tarde, ya tenía perfiladas las ideas y había elaborado una estrategia para atrapar a los clientes en su tiempo libre. Los quioscos situados en los centros de yoga en los que se vendería la tecnología de Stone Industries, como pulsómetros, cuentakilómetros, relojes deportivos... no serían más que el primer paso.

Era su oportunidad para brillar. Había conseguido que Jared aceptase incluir su idea en la presentación, pero tenía que merecer la pena.

Levantó el rostro hacia el sol y se permitió unos breves minutos de sosiego.

Jared regresó de Niza de muy buen humor. Había conectado con Davide a través del amor por el arte y conseguido convencerle de que no estaba en la cuerda floja en Stone Industries. También le había convencido de que el manifiesto no iba a tener consecuencias negativas a largo plazo entre la clientela femenina. Stone Industries sacaría su nuevo producto estrella y las mujeres harían cola para conseguirlo, como siempre hacían.

Lo único que entorpecía su buen humor era el correo que había recibido aquella mañana del responsable del departamento informático, acerca del filtrado del manifiesto. Se había quedado de piedra al descubrir que el hacker había sido rastreado hasta el servidor de Craig International. Eso solo podía significar que Michael Craig, uno de los miembros más críticos del consejo de Stone Industries, estaba detrás. Seguramente, había aprovechado un momento de debilidad para intentar hundirle. Y por eso, decidió mientras iba en busca de Bailey, se lo iba a hacer pagar con creces. Nunca le había gustado Michael Craig, ni había confiado en él jamás. Nunca había tenido la sensación de que estuvieran jugando en el mismo bando. Iba a deshacerse de él.

Encontró a Bailey tomando el sol en la terraza, con el portátil sobre las piernas y los ojos cerrados. Davide no había parado de hablar de lo mucho que le gustaba, nada sorprendente después de lo de la noche anterior, pero lo que le había pillado por sorpresa era que el coleccionista de amantes, que había perdido a su esposa a la edad de cuarenta y cinco años, no solo se había fijado en el aspecto de Bailey, sino también en su inteligencia y su creatividad. La quería.

Sus labios describieron una mueca mientras la observaba descansar. No le cabía la menor duda de que, tras los ojos cerrados, su mente iba a mil por hora. No estaba durmiendo, estaba elaborando una estrategia. Una sensación de amargura se acumuló en su estómago. Había dado de lado a esa mujer como si fuera un problema con el que no tenía tiempo de lidiar, cuando lo cierto era que todo el problema se reducía a la atracción que sentía por ella. No era propio de él anteponer lo personal a lo profesional y se sentía molesto consigo mismo por haberlo hecho.

–¿Has tenido un buen día? –Bailey abrió los ojos y lo miró con desconfianza.

–Sí –Jared se sentó frente a ella y se sirvió un vaso de agua mineral–. Te debo una disculpa.

–¿Por qué? –ella abrió los ojos desmesuradamente.

–Por subestimarte. Por permitir que languidecieras en un puesto inferior.

–Todavía no hemos hecho la presentación –Bailey se irguió y lo miró a los ojos.

–He visto tus ideas –Jared tomó un largo trago de agua–. Me equivoqué contigo. Debería haberte dado más voz –se encogió de hombros–. Quizás anoche tuvieras razón. Quizás esté trastornado.

–Creo que te daré las gracias y lo dejaré estar –ella sonrió–. ¿Seguro que te encuentras bien?

–Lo cierto es que sí –él sonrió con ironía–. Anoche me obligaste a reflexionar.

–Quizás fui un poco brusca –Bailey frunció el ceño.

–Necesitaba que alguien me lo dijera –Jared volvió a encogerse de hombros–. Últimamente no me he tomado mucho tiempo para pensar y por eso me meto en líos.

–¿Quieres ver mis diapositivas? –ella señaló la pantalla del portátil.

–Tengo entendido que Alexander insiste mucho en los detalles. Es minucioso, una especie de chiflado del control. Quiero asegurarme de que todo esté en orden.

Repasaron las diapositivas. A Jared le encantó la presentación y añadió algunas sugerencias. Por último, en una hazaña que podría ser calificada de épica, culminaron un ensayo casi perfecto.

Muy satisfecho con el trabajo, Jared retó a Bailey a un partido de tenis. A la joven no se le daba nada mal, y lo que le faltaba de pericia lo suplía con decisión.

Él la observó detenidamente mientras esperaba a que sacara, y se la imaginó sirviendo cafés toda la noche para pagarse los estudios. O vendiendo cincuenta pares de zapatos al día. Era imposible no admirar a esa mujer.

Bailey seguía de excelente humor cuando se puso los vaqueros blancos y el ajustado top bajo la vaporosa blusa, para cenar en el mar. Alexander Gagnon había llegado en helicóptero, junto con otros dos ejecutivos de Maison Electronique, mientras ella se duchaba tras el partido. Y aquella noche conocería a los tres durante la cena que se celebraría en el yate de Davide.

Mucho más cómoda con el escenario de esa cena, Bailey terminó de vestirse, se perfumó y fue en busca de su jefe. Una perezosa sonrisa curvó los labios de Jared al abrir la puerta.

–¿Hoy no me dejas elegir tus zapatos?

–Esta noche lo tengo todo bajo control –ella ignoró la insinuación implícita.

–Te pareces a Grace Kelly.

–Lo tomaré como un cumplido –Bailey se movió inquieta.

–Hazlo –Jared apoyó una mano en la espalda de Bailey, que sintió que la inundaba el fuego.

Su jefe estaba guapísimo vestido con unos pantalones negros y una camisa de manga corta de color azul marino. Pero bajo ningún concepto permitiría que él adivinara sus pensamientos.

Una pequeña lancha motora aguardaba en el muelle para llevarlos hasta el yate. El resto de los invitados se encontraba ya a bordo, según les indicó el miembro de la tripulación al mando de la motora. Habiendo crecido en un pantano de Florida, Bailey estaba acostumbrada a los barcos. Pero nada de lo que había visto jamás podía compararse a aquello. El yate de Davide tenía al menos veintiún metros de eslora.

La lancha aminoró la marcha a medida que se acercaban al yate pintado de blanco, azul y rojo, los colores de la bandera francesa. Ayudados por otros miembros de la tripulación, subieron a cubierta bajo un hermoso cielo rosado.

Davide los recibió antes de pasar a presentarles a los tres hombres que ya se encontraban allí. Bailey saludó a los dos ejecutivos de marketing y, por último, a Alexander Gagnon, un atractivo hombre de cabello oscuro y ojos grises como el acero.

El pulso de la joven se detuvo. De no haber sido por la mano que Jared apoyó en su espalda, se habría caído de los altos tacones. No podía ser. No podía ser.

Lo miró detenidamente para demostrarse a sí misma que se equivocaba. Sin embargo, los fríos ojos que la devoraban eran los mismos que había visto diez años atrás en Las Vegas.

–Encantado de conocerte… Bailey –murmuró él mientras le besaba el dorso de la mano.

En el pecho de Bailey se formó un nudo que amenazó con asfixiarla. Jamás le había confesado su verdadero nombre. Jamás se lo había confesado a ninguno de los hombres para los que había bailado. Pero ya lo sabía. Sintió una necesidad casi histérica de saltar por la borda.

No le quedó claro si su jefe percibió el escalofrío que había recorrido su cuerpo al saludar a Alexander, pero lo cierto era que la mano abandonó su espalda el tiempo justo para estrechar la del joven antes de volver a colocarse en la misma posición protectora.

–Tengo ganas de asistir a vuestra presentación mañana –Alexander se volvió hacia Jared–. Davide me ha estado hablando de vuestras magníficas ideas.

A Bailey le temblaban las rodillas con tanta fuerza que tuvo que apoyarse en Jared para mantenerse en pie. Sentía la mirada de su jefe fija en ella, pero mantuvo la vista al frente. Alexander la contemplaba expectante, esperando una respuesta.

–Sí, bueno –balbuceó ella–, esperamos que te gusten.

–Sabemos que te van a encantar –intervino Jared.

–Pasé algún tiempo en los Estados Unidos –Alexander sonrió–. Davide mencionó que hiciste un máster en Stanford. ¿Dónde te graduaste antes de eso?

Sabía de sobra dónde se había graduado. Una fina capa de sudor perló la frente de Bailey.

–En la universidad de Las Vegas.

–Eso será –el joven Gagnon hizo chasquear los dedos–. Tengo la sensación de haberte visto antes. Alterné con muchos clientes en Las Vegas.

–Tienes que estar equivocado –cada músculo del cuerpo de Bailey se paralizó–. Estoy segura de que no nos habíamos visto nunca.

–Habrá sido un error entonces –él asintió.

Ella dejó escapar el aire que había estado conteniendo y pidió un Martini.

–¿Qué te pasa? –Jared se inclinó hacia ella.

–No me encuentro muy bien.

–Pues un Martini no es lo más indicado –la penetrante mirada azul se posó en ella–. Te traeré un vaso de agua.

–Estoy bien –replicó Bailey–. Será el movimiento del barco. Se me pasará.

El Martini ayudó bastante. Bailey sintió el alcohol deslizarse por sus venas mientras buscaba el modo de refrenar su impulso de saltar por la borda para alejarse de ese hombre. Tenía que recomponerse. Pero ¿cómo? La había reconocido, de eso no había duda. Su aguda mente barajó diferentes opciones, aunque no lograba pensar con toda la claridad deseable. Debía comportarse como si no lo hubiera visto antes. Sin embargo, la suerte quiso que Alexander se sentara justo enfrente de ella a la mesa, haciendo que le fuera imposible olvidar el último encuentro con él.

Aquella noche había bailado en el Red Room, el club de striptease más exclusivo de Las Vegas, famoso por sus hermosas mujeres y lujoso decorado. Llevaba un vestido de seda rojo, el color indicativo de que era la favorita del dueño, la bailarina más solicitada de la semana. Los hombres la buscaban por su fría e intocable belleza al descubierto.

Pero ninguno de esos hombres habría adivinado que todo era mentira. Que aquella mujer estaba muy lejos de la verdadera Bailey.

Aquella noche, Alexander Gagnon se había sentado en la primera fila, como había hecho las dos noches anteriores. Bailey había sentido la mirada de acero sobre ella y, a pesar de que en la sala había al menos ciento cincuenta hombres más, solo lo había sentido a él, al hombre alto y oscuro que cada noche la invitaba a una copa que ella rechazaba a pesar del dinero que le arrojaba. Había algo en ese hombre que encendía un semáforo rojo ante sus ojos.

Se había retirado al camerino, extrañamente conmovida por la intensidad de la experiencia y la magnitud de la propina de Alexander. Sus compañeras se habían duchado y vestido rápidamente para salir de juerga, pero ella pensaba dirigirse a su casa para preparar el examen del día siguiente. Así pues, se había tomado su tiempo para desmaquillarse y, en un momento dado, al levantar la vista, se había encontrado a ese hombre en la puerta.

–No puede estar aquí –las chicas se habían ido y Bailey había sentido pánico.

–Bruno me debe una –él había enarcado una ceja–. Nos deja cinco minutos.

–Fuera de aquí.

El hombre la había contemplado con mucha lentitud.

–Despés de hacerte una propuesta... Kate.

Debería haberlo echado de allí, pero ese hombre le infundía demasiado miedo.

–Has rechazado mis invitaciones a tomar una copa durante tres noches –había murmurado él mientras se acercaba–. He decidido probar con otra estrategia –la había acorralado contra el espejo–. Sé que estás estudiando. Te ofrezco cincuenta mil dólares por una noche.

Ella lo había mirado espantada. Espantada ante la idea de que alguien estuviera dispuesto a pagar esa cantidad por pasar la noche con alguien. Espantada porque ese alguien fuera ella. Durante un instante se le había ocurrido que esos cincuenta mil dólares le permitirían vivir durante un año. Podría ir a la universidad por la mañana y pasar el resto del día como una estudiante normal, sin agotarse todas las noches y estudiar un par de horas antes de caer rendida en la cama. Podría olvidar el dolor provocado por los tacones sobre los que bailaba. Así sin más.

Pero entonces había sentido una inmensa vergüenza. ¿Cómo había podido considerarlo siquiera?

–Salga ahora mismo de mi camerino –había seña-
lado con un dedo hacia la puerta.

–Todo el mundo tiene un precio, Kate –ese hombre
ni se había movido–. Nombra el tuyo.

–Ahí se equivoca –Bailey se había dirigido hacia la
puerta para abrirla–. Yo no.

Alexander debía de haber percibido el odio que reflejaba su mirada, pues se había marchado. Bruno había
negado haber tenido algo que ver y la había despedido
unas pocas semanas después bajo la acusación de robar
dinero del club.

Alexander había acudido las dos noches siguientes,
para comprobar si había cambiado de idea. Habían sido
las dos noches más difíciles de su carrera, incapaz de
concentrarse.

–¿Bailey? –Davide frunció el ceño–. ¿No te ha gustado la cena?

Ella levantó la vista y descubrió al camarero a punto
de retirar la ensalada de marisco que apenas había to-
cado.

–Lo siento –murmuró–. Estoy un poco distraída.

–Quizás has tomado demasiado sol –sugirió él en
francés–. Tu piel es muy blanca.

–Quizás –asintió Bailey–. Estaré mejor después de
haber dormido.

Jared no le había quitado los ojos de encima durante
toda la cena. Quizás se debiera a que no había incluido
ningún comentario inteligente en la conversación, ni
formulado ninguna pregunta. En cualquier caso, le cos-
taba respirar y necesitaba salir de allí.

Tras excusarse, bajó al aseo de señoras. Respiró hondo
y se mojó el rostro con agua fría.

¿Podía una pesadilla hacerse realidad? Porque aquella era su pesadilla particular...

Tras retocarse el maquillaje comprobó que seguía

mortalmente pálida. Apenas había subido a cubierta cuando Alexander le cortó el paso.

–Te ha ido bien, Bailey –él se inclinó sobre la barandilla–. ¿O debería llamarte Kate?

–Me temo que no tengo ni idea de qué me estás hablando –Bailey intentó conservar la calma.

–¿Crees que no te recuerdo? –él la contempló con el mismo descaro que aquella noche–. Recuerdo cada curva, cada centímetro de ese enloquecedor cuerpo tuyo. Cómo sedujiste a todos los hombres allí presentes, haciéndoles suplicar más.

–Te equivocas de mujer –insistió ella con voz ronca–. Y esta conversación no es nada apropiada.

–No estoy de acuerdo –Alexander se acercó aún más a Bailey, cuyo corazón se estrelló contra el pecho–. Lo vi en tus ojos aquella noche. Deseabas aceptar.

–No te conozco –le espetó ella mientras intentaba continuar su camino.

Alexander la agarró de un brazo y la detuvo.

–Ellos no lo saben, ¿verdad? –la miró desafiante–. Has pasado página. Te has molestado en ocultar tu pasado...

–Quítale las manos de encima, Gagnon.

La orden de Jared llegaba de sus espaldas. Bailey se volvió y lo descubrió mirándolos, con los puños apretados y el cuerpo alto y atlético preparado para saltar. El corazón de la joven amenazaba con salir disparado. «Por favor, no. No puede enterarse de esto».

–Tranquilízate, Stone –Alexander apartó las manos–. Solo estábamos conversando.

–Pues a mí no me estaba gustando la conversación –Jared se acercó al otro hombre–. Y por el aspecto de Bailey, a ella tampoco. Quizás deberíamos regresar a la mesa para tomar el postre.

–Hermosa, ¿verdad? –Alexander miró a Jared con gesto divertido–. No puedo culparte, Stone. Pregúntale por ese delicioso lunar de la nalga. Es digno de mención. Aunque a lo mejor ya lo conoces...

Bailey se sintió desfallecer mientras ese horrible hombre se daba media vuelta y abandonaba la cubierta. «Por favor, que no haya dicho lo que parece».

–¿A qué se refería, Bailey? –Jared la miró con una calma mortal–. ¿Y de qué lo conoces?

–No lo conozco –lo cual era cierto. No sabía nada de ese hombre.

Y, sin embargo, ese hombre era la pieza clave del más importante negocio de su vida. De la vida de Jared.

–Entonces, ¿por qué estás tan pálida? ¿Por qué has estado ausente desde que lo viste?

–Es un imbécil que me ha confundido con otra persona –la mente de Bailey buscó afanosamente una excusa creíble–. No me gustan los barcos, Jared. Y no quiero montar una escena delante de Davide, que ha sido tan amable de invitarnos. Creo que deberíamos regresar con los demás.

Antes de que su jefe pudiera impedírselo, Bailey se dirigió al comedor, donde ya se estaban sirviendo los postres. De algún modo consiguió tragar unas cuantas cucharadas de la deliciosa mousse de chocolate, que no le supo a nada.

La fría e imperturbable compostura de Alexander resultaba de lo más irritante.

Por suerte, una hora más tarde la velada se dio por concluida cuando Davide se apiadó de ella y sugirió que tomaran una última copa en la villa, aunque a ella le aconsejó retirarse a descansar.

–Estoy bien –protestó cuando Jared hizo ademán de tomarla del brazo.

Sin embargo, su jefe no desistió y la acompañó hasta la habitación.

–Volveré dentro de media hora para ver cómo estás –le advirtió–. ¿Seguro que estás bien?

–Estoy bien –ella se llevó una mano a la cabeza–.
No te molestes en volver. Estaré dormida.

–Vuelvo en media hora.

Bailey se tomó unos analgésicos y paseó por la bonita suite. Cada vez le dolía más la cabeza. Las dos vidas que con tanto cuidado había mantenido separadas
acababan de chocar entre ellas. Casi diez años atrás,
Alexander Gagnon le había ofrecido cincuenta mil dólares por acostarse con él. Al día siguiente, iba a tener
que enfrentarse a ese hombre en una sala de juntas.

¿Cómo iba a poder trabajar con él si el trato salía
adelante?

El sudor le bajaba por la nuca y se sentía febril. No
había dedicado años de su vida a construirse una reputación en el mundo de los negocios para que un hombre
como Alexander Gagnon lo destruyera todo. No iba a
permitirle creer que sabía lo que había sido, cuando no
lo había sido.

«Recuerdo cada curva, cada centímetro de ese enloquecedor cuerpo tuyo. Cómo sedujiste a todos los hombres allí presentes, haciéndoles suplicar más...».

De repente se sintió muy sucia y, con manos tembla-
rosas, se desnudó, se puso el traje de baño y se dirigió
a la playa. El mar estaba iluminado por la luna. La ma-
rea alta había devorado la arena. Ignorando el peligro,
se adentró en las aguas y avanzó sin rumbo fijo. A un
lugar donde el pasado no pudiera alcanzarla.

Cuarenta y cinco minutos más tarde, Jared llamó a la
puerta de Bailey. Se había tomado un último brandy con
Davide y los demás mientras luchaba contra el impulso
de golpear el rostro de Alexander. No se había tragado
la historia de Bailey negando que conociera a ese tipo.

«Ellos no lo saben, ¿verdad? Has pasado página. Te has molestado en ocultar tu pasado».

¿A qué se había referido Gagnon?

Volvió a llamar a la puerta, pero no obtuvo respuesta. Esperó unos segundos más antes de girar el pomo. Estaba abierta. La lámpara de una mesita inundaba la estancia de una suave luz, pero no había señales de Bailey. Abrió la puerta del dormitorio y vio la cama sin deshacer. La ropa estaba tirada en el suelo. Algo sucedía. Bailey era compulsivamente limpia y ordenada.

La terraza también estaba vacía. Escudriñando a lo lejos, vio un destello blanco en el mar. La pálida piel de Bailey iluminada por la luna. Descalzándose, corrió tras ella.

Se había adentrado tanto en el mar que Jared estuvo a punto de lanzarse a por ella. Sin embargo, parecía estar nadando con seguridad y optó por esperarla en la orilla. Cuando Bailey salió del agua, se dirigió hacia la toalla, apenas a cuatro metros de donde estaba él, pero sin verlo.

Jared se permitió contemplarla mientras se secaba. Había conocido a muchas mujeres en su vida, pero jamás había visto a ninguna que tuviera tal aspecto de diosa con el traje de baño.

Las infinitas piernas eran verdaderas obras de arte. Las suaves caderas, lo bastante finas para ser delicadas, y lo bastante redondeadas para resultar irresistibles. La hambrienta mirada se deslizó por todo el cuerpo, por la fina cintura y los deliciosos pechos.

Bailey se escurrió el cabello. La luz de la luna la iluminaba. Parecía intocable... atormentada.

Y entonces recordó por qué estaba allí contemplándola y dio un paso hacia ella. Bailey se agachó para secarse las piernas, ofreciéndole una nada despreciable visión de su trasero. Jared se paró en seco. Aquello era, sin duda, un lunar. El que Alexander Gagnon conocía tan bien.

En una rápida zancada, se colocó a su lado. Bailey lo miró y se cubrió instintivamente con la toalla. Sin embargo, él fue más rápido y, obligándola a girarse, señaló la marca.

–Me mentiste –le espetó–. Tú no lo conoces, pero él conoce las marcas más íntimas de tu cuerpo. ¿Qué está pasando aquí?

Bailey intentó zafarse, pero sin éxito. Los ojos azules de la joven, casi grises bajo la luz de la luna, contrastaban con la pálida piel.

–Quítame las manos de encima, Jared. ¿O acaso eres igual que él?

–Estamos negociando un acuerdo que valdrá decenas de millones de dólares por año, Bailey –él la soltó furioso–. Quiero la verdad, y la quiero ahora.

–Te he dicho la verdad –ella retrocedió un paso–. No sé nada de él. Nos vimos una vez cuando vivía en Las Vegas. Se acercó a mí y yo lo rechacé. Fin de la historia.

–¿Ya está? –Jared reprimió un juramento–. Si lo rechazaste, ¿cómo sabía lo del lunar?

–Nada de lo que pueda contarte tiene que ver con el acuerdo comercial –Bailey palideció aún más–. No voy a hablar más del tema.

Jared estaba furioso y por sus venas corría puro fuego. Era muy consciente de que aquello no tenía nada que ver con el acuerdo comercial. Quería saber por qué esa sabandija conocía detalles íntimos de la anatomía de Bailey.

–A mí me parece que sí –él se acercó un poco más y ella no retrocedió–. Has rechazado a todos los hombres de Silicon Valley. Te comportas como si fueras intocable, y resulta que un imbécil arrogante, conocido mujeriego, ha puesto sus manos sobre ti. No lo entiendo.

–¿Cuál es el problema, Jared? –Bailey lo miró furiosa–. ¿No soportas que no hayas sido tú? ¿El señor Manifiesto ha encontrado la horma de su zapato?

–¿Sabes qué, Bailey? Tienes razón. Porque de haberse tratado de mí, no habrías podido zafarte.

Ella abrió esos deliciosos labios para decir algo, pero él la besó antes de que tuviera ocasión. Por Dios que era la mujer más dulce que hubiera conocido. Ardiente y dulce. La saboreó durante varios segundos antes de que ella alzara una mano para abofetearlo. Jared levantó una mano para impedírselo y hundió la otra en el cabello de Bailey hasta la nuca. El beso se volvió más posesivo, seductor. La clase de beso que nunca fallaba.

Bailey quiso resistirse, pero, en algún momento, ese beso le resultó liberador. Lo necesitaba.

Y por eso le permitió intensificar el beso. Por eso gimió encantada cuando sintió la lengua de Jared dentro de su boca. Olía a brandy y a cigarros caros. Y deseó mucho más de él.

Jared murmuró algo mientras introducía un muslo entre las temblorosas piernas de Bailey y la atraía hacia sí. Los erectos pezones le acariciaron el torso a través de la tela de la camisa, y su núcleo ardía húmedo. Ella nunca había sentido algo así.

–Bailey –susurró él tras soltar otro juramento mientras deslizaba los labios por la delicada garganta–. ¿Qué significa ese hombre para ti?

La realidad la golpeó como una bofetada en el rostro. No la había besado porque la deseara. La había besado porque quería poseerla. Igual que todos.

Furiosa, apoyó una mano en el torso de su jefe y empujó con todas sus fuerzas. Pillado con la guardia baja, él se tambaleó mientras la miraba perplejo.

–¿Qué demonios...?

–Sois todos unos perros –siseó ella con las piernas separadas y los pies plantados sobre la arena–. Os peleáis por lo que queréis, por lo que creéis que os pertenece.

–Tú has participado de este beso tanto como yo.

–Y ahora me alejo de ti, de nuevo –las elegantes cejas se juntaron–. Te equivocaste, Jared. Tú no eres distinto de los demás hombres. Sois todos iguales.

Bailey lo dejó, mirándola perplejo, boquiabierto. ¿Por qué había pensado que ese hombre era diferente de los demás cuando era evidente que no era así? A lo mejor era ella la que estaba perdiendo la capacidad de juzgar a los demás.

Capítulo 5

DESPUÉS de correr cincuenta minutos por la playa, Jared desistió de intentar averiguar qué había sucedido la noche anterior. Con el sudor goteando por el rostro, continuó caminando. Dada la falta de información proporcionada por Bailey, lo único que tenía claro era que Alexander Gagnon, el heredero de Davide, el hombre que decidiría sobre la asociación durante cinco años entre Stone Industries y Maison Electronique, conocía a su directora jefe de ventas lo suficiente como para señalar un lunar en su nalga.

La sangre rugía por sus venas. Soltó un juramento y se secó el rostro con la camiseta. Bailey había admitido haber visto a Gagnon en una ocasión, que él se le había insinuado y que ella lo había rechazado. Entonces, ¿cómo podía saber ese tipo lo del lunar? ¿Y por qué, en nombre de lo más sagrado, era más importante para él que el futuro de su negocio?

Volvió a secarse el rostro con la camiseta. ¿Por qué se negaba Bailey a contarle la verdad? ¿Qué podía haber en su pasado que fuera tan horrible como para no poder contarlo? Había reconocido la mirada de Bailey la noche anterior. Era la misma mirada que había visto en el rostro de su padre al sentirse acorralado, cuando su incapacidad para escapar se había vuelto inevitable, cuando las mentiras cuidadosamente elaboradas habían empezado a revelarse.

Sintió una opresión en el pecho. No soportaba los

secretos. Debería enfrentarse a esa mujer y dejarle claro que, o se lo contaba todo o quedaba despedida. Había mucho en juego en ese acuerdo comercial para no ser completamente transparentes. Pero lo cierto era que Bailey era su as en la manga. Davide la adoraba, a ella y a sus ideas. Eliminarla de la ecuación no era posible.

Una gran ave rapaz sobrevoló las aguas y Jared la siguió con la mirada. ¿Un buitre? Le recordó a Alexander y su manera de acosar a Bailey con la mirada la noche anterior.

Se volvió hacia la villa. Había estado en lo cierto desde el principio. Bailey ocultaba un pasado. Un pasado que podría dar al traste con el acuerdo comercial si no lo descubría de inmediato.

Subió las escaleras que conducían a las suites. Había obviado el otro ingrediente letal que aderezaba aquella situación: el ardor que había estallado entre ellos dos la noche anterior. Una cosa era admitir la atracción, y otra muy distinta actuar en consecuencia.

«Eso está fuera de lugar».

Jared entró en sus aposentos, y marcó el número del investigador privado al que solía emplear de vez en cuando para asegurarse de que su padre seguía vivo.

–¿Sí? –Danny Garrison contestó la llamada con voz somnolienta.

–Necesito que descubras todo lo que puedas sobre mi directora de ventas. Bailey St. John.

–¿Eres consciente de que de vez en cuando yo también duermo?

–Lo siento –Jared no había considerado la diferencia horaria–. Pero lo necesito para ayer.

–Teniendo en cuenta que para mí es «ayer», no hay problema –contestó el hombre con sarcasmo.

–Céntrate en su época de Las Vegas. Estudió allí.

–¿Debo buscar algo en particular?
–Algo que querría ocultar.

Bailey se quitó la camisa de seda de color rosa, la tercera que se había probado hasta entonces, y la arrojó sobre la cama. Nada le parecía adecuado para la presentación que tendría lugar en treinta minutos. Nada se lo había parecido desde que posara sus ojos sobre Alexander Gagnon.

Al fin optó por la versión en gris de la misma camisa. La presentación tenía que quedar perfecta. Olvidaría el pasado y se centraría en el futuro. Sin embargo, su estómago no cooperaba.

Con manos temblorosas se abrochó los diminutos botones. ¿Jugaría Alexander limpio? Y, si no lo hacía, ¿estaría ella jugando a la ruleta rusa con el futuro de Jared? ¿Con el acuerdo comercial? ¿Podía permitirse ese lujo? ¿Debía salir del equipo y aceptar el hecho de que el pasado la había atrapado? ¿Debía hacer lo correcto?

Los dedos se negaban a colaborar con los botones y soltó un juramento. Seguro que Alexander tenía cosas mejores que hacer que obsesionarse con un ego vapuleado. Tenía que pensar en un socio para Maison Electronique. En su empresa.

Sin embargo, el nudo de su estómago opinaba otra cosa.

Consiguió abrochar el último botón con un furioso movimiento. ¿Cómo había podido besar a Jared? Ella no caía así sin más en brazos de los hombres. No les permitía acercarse lo suficiente. Su padre le había enseñado que los hombres eran peligrosos, impredecibles, unos seres a evitar.

La llegada mensual de la pensión de beneficencia solía sacar de quicio a su padre y al final la pagaba con quien le hubiera molestado ese día. Su madre hacía todo lo posible por proteger a sus hijas, enviándolas a casa de algún vecino. Pero solo servía para que las niñas se sintieran peor al día siguiente cuando veían las marcas en el rostro de la mujer.

Si a esa experiencia añadía las proporcionadas por su profesión de bailarina, la abstinencia había sido la solución.

Un fuerte golpe de nudillos en la puerta que comunicaba ambas suites la puso en alerta. Se recogió el cabello en un moño y abrió. El Jared que se encontró era el más profesional, taciturno, sus ojos azules despedían electricidad.

—¿Estás preparada?

—Iré a por mis notas —ella asintió.

Tenía toda la documentación sobre la mesita, pero no encontraba las notas por ninguna parte.

—Bailey —sin que ella se diera cuenta, Jared había entrado en la habitación y le tomó una mano.

—Estaban aquí mismo —Bailey se mordió el labio inferior—, pero no consigo...

—Bailey —repitió él—, cuéntamelo. ¿Qué significa Alexander Gagnon para ti? Tú y yo somos socios en esto. Necesito saber lo que ocurre para que podamos ocuparnos de ello juntos.

—No significa nada para mí —ella se soltó y reanudó la búsqueda de las notas—. Ya te lo dije.

—Entonces, ¿por qué estás hecha un manojo de nervios?

—No es verdad —ella se volvió y lo fulminó con la mirada—. Esto es personal, Jared.

—¿Dónde estuviste anoche? —Jared hizo una mueca—. Porque yo estaba allí. Alexander será quien tome la decisión sobre este negocio. No te quitó los ojos de encima durante toda la noche y te siguió hasta los aseos, donde se mostró extremadamente insolente. De modo que no me digas que no significa nada, Bailey. Es un problema. Y no permitiré que afecte a este acuerdo.

—Entonces, sácame de él —ella apoyó las manos sobre las caderas.

—No puedo sacarte. Davide te adora. Adora tus ideas.

Bailey apretó los labios con fuerza. Prefería morirse a confesarle a su jefe que había sido una stripper. Un hombre que tenía tan pobre opinión de las mujeres... Ni siquiera se imaginaba lo despectivo que podría mostrarse hacia ella. Se le encogió el estómago.

—Dime al menos que no fue nada ilegal —él soltó un suspiro de exasperación.

«¿Ilegal?» Ella lo miró perpleja. ¿Qué demonios...? Los ojos de su jefe estaban cubiertos de un halo de ansiedad y tenía el ceño fruncido. Sin duda temía el escándalo que había sufrido su padre. A Bailey le dio un vuelco el corazón. Quería contárselo. Tranquilizarle. Pero no podía.

—Nada de eso —ella apoyó una mano en el fuerte brazo y lo miró suplicante—. Es un asunto personal, Jared, eso es todo. Necesito que confíes en mí.

Él la miró prolongada e intensamente, como si no estuviese muy seguro de qué hacer con ella.

—De acuerdo —suspiró al fin—. Te diré lo que vamos a hacer. Vamos a entrar en esa sala, volverles locos con nuestras ideas y conseguir el contrato. Tú no te vas a distraer. No vas a dirigirte a Alexander, a no ser que te haga una pregunta. Actúa para Davide, para los otros dos.

Bailey sintió un gran alivio y de buena gana hubiera besado a su jefe, si no fuera tan mala idea.

—Entendido —asintió—. Confía en mí.

—Es una lástima que no funcione en ambos sentidos —sus miradas se fundieron.

—Sí que funciona —ella sacudió la cabeza—. Pero esto es algo... diferente.

–Alguien te la ha jugado bien, Bailey –Jared frunció el ceño y carraspeó–. Nos quedan diez minutos. Deberíamos prepararnos.

Ella asintió y, de repente, encontró las notas.

Jared se equivocó al pensar que Bailey estaría nerviosa. En cuanto entró en la sala fue como si le hubiesen dado a un interruptor en su cerebro. Era puro instinto de supervivencia, supuso él. Pasó de una diapositiva a otra con férrea determinación y un entusiasmo que contagió a todos los presentes. Con cada observación, afianzaba sus ideas un poco más. Ni una sola vez miró a Alexander, salvo para contestar a sus preguntas, a menudo puntillosas y complicadas.

Su propia estrategia había demostrado solidez, pero le faltaba el genio comercial de Bailey. Juntos formaban un equipo formidable.

En esos momentos estaba explicando la estrategia a seguir con los clientes más complicados. Había que convencerles de que les faltaba algo en la vida y luego vendérselo.

–Interesante –admitió Alexander–, aunque un poco sacrílego para un minorista como yo. ¿Nos estás pidiendo que concentremos nuestro presupuesto comercial fuera de las tiendas?

–En parte, sí –Bailey asintió–. Lo cierto es que las personas cada vez acuden más a los espacios online. Hay que adelantarse a las tendencias.

–Sin embargo, el yoga es un mercado –Alexander se levantó del asiento–. ¿Cómo va a afectar esto al balance final?

–Replicándolo –Bailey pasó a la siguiente diapositiva–. Hay que formar un equipo que no se limite a acudir a los centros de yoga, sino también a los gimnasios, clínicas de estética... Primero hay que hacerse con los monitores, que se enamoren del producto. Después podrás captar a los alumnos.

Alexander no parecía convencido, pero Bailey continuó sin desfallecer. La presentación culminó con la recapitulación realizada por Jared.

–¿Qué opinas? –Davide se dirigió a su hijo.

–Me gusta –el otro hombre asintió–. Creo que la idea de apuntar directamente al consumidor es fuerte y encaja con nuestra estrategia de mercado, pero a gran escala soy más escéptico. Y –añadió dejando caer una carpeta sobre la mesa, delante de Jared–, me preocupa el efecto de tu manifiesto. Has bajado diez puntos en intención de compra por parte del mercado femenino.

–Son encuestas de la semana pasada –Jared contempló la carpeta perplejo–. La semana que viene volverán a estar arriba. Eso no va a durar.

–Quizás –Gagnon arqueó una ceja–. Pero lo cierto es que el público femenino es nuestro principal objetivo en estos momentos. No podemos permitirnos el lujo de asociarnos con una empresa que ha humillado a todo un segmento del mercado.

–No durará –insistió Jared.

–Seguramente no –asintió Alexander–. Vuestras ideas creativas y sólidas, pero me temo que necesitaré más estudios de mercado antes de acceder.

–Llevará su tiempo –Jared recogió sus notas mientras intentaba controlar su ira. En dos semanas tenía prevista una reunión del consejo y necesitaba que el trato estuviera cerrado y firmado para aspirar a conservar el control de su compañía.

–Nos gustaría repetirlo la semana que viene en París –Alexander se encogió de hombros–. Sé que estás muy ocupado. Si tuvieras algún compromiso, envíame a Bailey. Trabajaremos juntos.

El rostro de Bailey se volvió ceniciento y a Jared le empezó a hervir la sangre peligrosamente. De modo que a eso jugaba Alexander. Quería ocuparse de los flecos con Bailey.

Jared dirigió su mirada a Davide, pero la expresión del hombre más mayor era de total deferencia hacia su hijo. Las únicas armas de las que disponía eran un fallido intento de humor instigado por un corazón ligeramente herido y la situación enormemente complicada entre su directora jefe de ventas y el futuro director general de Maison Electronique.

—Es muy amable por tu parte –Jared continuó recogiendo la documentación–, pero un amigo mío posee una villa a las afueras de Niza. Bailey y yo nos reuniremos allí para perfilar las ideas que luego presentaremos en París.

—Debo advertirte –intervino Davide–, que Alexander va a reunirse con Gehrig Electronics.

—¿Vas a considerar otras opciones? –Jared sintió que el suelo se abría bajo sus pies.

—Creemos que es lo justo a tenor de algunos productos que han lanzado –el hombre asintió.

Jared estaba furioso. Gehrig no había formado parte de la ecuación hasta la llegada de Alexander. Miró al hijo de Davide, sentado con los codos apoyados en la mesa y la barbilla apoyada en las manos. Davide había estado en lo cierto. A su hijo le gustaba ganar. Sin embargo, aquello no tenía nada que ver con los negocios y todo que ver con Bailey.

La frustración lo corroía. Necesitaba regresar a su casa con el control sobre el furioso consejo de empresa. Pero, a no ser que estuviera dispuesto a enturbiar las aguas con información que desconocía, formular acusaciones de las que no estaba seguro, no le quedaba otra opción que seguir el juego.

—Lo comprendemos –dibujó en su rostro un pobre simulacro de sonrisa–. No hay ningún problema, caballeros. Que gane el mejor candidato.

Tras contestar a unas cuantas preguntas más del equipo de marketing, acordaron la fecha de la cita en París. A continuación, Bailey y él se marcharon a hacer el equipaje.

–Lo siento muchísimo, Jared –Bailey apoyó una mano en el brazo de su jefe al llegar a la suite–. Todo esto es culpa mía. Debería haberme retirado del negocio.

–Ya has oído sus argumentos –él la miró fijamente–. Cree que he humillado al sexo femenino.

–Cierto, pero... –Bailey se mordisqueó el labio inferior con preocupación.

–Está jugando con nosotros –masculló él entre dientes–. Vamos a tener que hablar, y mucho, en Niza. Si quiere hacer de esto algo personal, que lo haga. Pero no tengo intención de perder.

Capítulo 6

A LOS tres días de llegar a Niza, Jared ya se sentía complacido con los progresos realizados en la presentación. Encerrados en una villa sobre las colinas que se abrían al mar, las distracciones del mundo estaban muy lejos de allí y casi todo lo demás podía esperar.

Bailey había mejorado las ideas creativas añadiendo los estudios de mercado que Alexander había solicitado. Afortunadamente, los resultados los señalaban como altamente viables. Jared se había concentrado en combatir las intenciones de compra que Alexander les había mostrado, y al mismo tiempo en realizar un completo análisis de Gehrig Electronics, para desvelar cualquier punto débil que pudieran explotar. Desgraciadamente, Gehrig era una opción muy sólida con una buena base tecnológica, una empresa en racha. Y al público le encantaba.

Vencerían a Gehrig porque, aunque su rival estaba a punto de lanzar unos buenos productos, los suyos eran mejores.

El móvil sonó desde la mesa. En la pantalla apareció el indicativo de Sam Walters. Genial.

–Sam –Jared se sentó y apoyó los pies en la mesa.

–No has llamado. ¿Qué pasa con Maison? Tengo muchas preguntas sin respuesta.

«Pues bienvenido al club».

–Davide ha dejado la decisión en manos de su hijo, Alexander –él apretó la mandíbula–, que será nombrado

director general el año que viene. Alexander ha decidido que necesita darle una oportunidad a Gehrig Electronics. Estamos retocando la presentación para volver
a intentarlo.

–¿Gehrig? Pensaba que no había más opciones que
nosotros.

–Pues ya no es así. Al parecer, mi manifiesto ha hecho caer las intenciones de venta entre el público femenino.

Tras una prolongada pausa, Jared suspiró.

–No digas nada, Sam.

–Sabes que tengo que hacerlo. La próxima vez que
tengas ganas de filosofar, Jared, no lo hagas.

–Estoy de acuerdo contigo, pero ya es tarde –él hizo
una mueca–. Ahora tenemos que ganar.

–Sí. Por mi parte hago todo lo que puedo para calmar las aguas hasta que consigas ese contrato.

–Quiero dejarlo muy claro, Sam –a Jared le palpitaban
las sienes–, esto es problema mío. Ganaremos. Mientras
tanto, hazme saber si consigues averiguar algo sobre
Gehrig.

–Haré unas cuantas llamadas.

–Te lo agradezco.

–¿Jared?

–¿Sí?

–Tú creaste Stone Industries. Eres la única persona
que debería dirigirla. Esa es tu meta.

–Gracias por cubrirme las espaldas, Sam –Jared sonrió.

Tras colgar, un correo electrónico llamó su atención.
Era del investigador privado.

Bingo. Debo decir que ha sido un placer.

Algo en el mensaje hizo que a Jared se le encogiera
el estómago. Abrió el informe adjunto, lo imprimió y
lo guardó en una carpeta azul, aunque no supo por qué.
Quizás quería darle a Bailey la oportunidad de contár-

selo primero. A lo mejor la confianza era primordial para él.

A lo mejor le gustaba Bailey St. John más de lo que estaba dispuesto a admitir.

Cuando al fin apartó la vista del ordenador para reunirse con Jared para cenar en la pequeña terraza de la villa situada frente al mar, Bailey lo veía todo borroso. Más pequeña y acogedora que la mansión de Davide Gagnon, resultaba sutilmente lujosa. La clase de lugar en que alguien podría esconderse para siempre.

Se apartó el cabello del rostro y tomó un sorbo del vino tinto que Jared había subido de la bodega. Era un poco difícil relajarse cuando el jefe te miraba como si deseara arrojarte al mar, cuando las decisiones tomadas en el pasado se habían vuelto de repente cuestionables.

—Esta noche vamos a tomarnos un descanso —Jared le llenó la copa—. Estamos agotados. Fritos.

La inmediata sensación de alivio que sintió Bailey se disipó enseguida. El trabajo era lo que le había impedido pensar en ese beso.

—Creo que me voy a dormir —murmuró—. Necesito una buena cura de sueño.

—He preparado una fogata. Hoy el cielo es perfecto para ver las estrellas.

—No sabía yo que fueras un boy scout.

—La leña estaba ahí —contestó él secamente—. Me limité a amontonarla. Vamos.

Jared tomó la copa de vino y la carpeta azul y se dirigió colina abajo mientras ella lo miraba perpleja. ¿No había dicho que nada de trabajo? Quizás quería comentar algún detalle, lo cual sería bueno porque así no se adentrarían en el terreno de lo privado.

Bailey lo siguió, también con su copa de vino en la mano. Al llegar al lugar de la fogata, se sentó en una piedra de grandes dimensiones y observó a su jefe encender el fuego.

–A mi padre le encantan las hogueras –le explicó él–. Me enseñó a encenderlas.

–¿Cuántos años tenías cuando tu padre cometió el desfalco?

–¿Insistes en hacer preguntas mientras tú permaneces en el misterio? –él la miró con gesto severo.

–Has sido tú el que ha sacado el tema –Bailey se encogió de hombros.

–Estaba en mi segundo año de universidad.

–¿Por eso abandonaste los estudios?

–Sí –él se levantó y azuzó el fuego–. Mis padres me habían estado ayudando económicamente. Cuando lo perdimos todo, no me lo pude permitir yo solo.

–¿Qué le pasó a tu padre cuando fue descubierto?

–Estuvo tres años en prisión.

–¿Y ahora a qué se dedica?

–Mientras estaba en la cárcel –Jared se sentó de nuevo–, mi madre se divorció de él y se casó con el jefe del Banco Central Europeo. Cuando mi padre salió de prisión, desapareció. Contraté a un detective para que lo buscara y lo encontró en el Caribe. Allí sigue, viviendo en una cabaña.

–¿Tienes idea de por qué lo hizo? –a Bailey le iba a costar asimilar tanta información.

–¿Te refieres a por qué robó el dinero de sus jefes y de sus amigos más íntimos? –él frunció los labios–. Quizás tuviera algo que ver con mi madre. Ella nunca tenía bastante. Lo dejó seco.

–¿A qué te refieres? –ella contuvo la respiración. Eso explicaba muchas cosas.

–No sabía cuándo parar. Mi padre hizo una fortuna con las inversiones bancarias, pero en los últimos años se notaba que estaba harto. Cuando mi madre ya no pudo presumir delante de sus amigas del último modelo de Maserati, se marchó –Jared apretó la mandíbula y se volvió hacia ella–. Antes de que me preguntes qué ocurrió después, mi padre perdió el norte y la cabeza.

–¿Y ahora cómo está? –preguntó ella tras un tenso silencio.

–Hace mucho que no hablo con él, no lo sé –Jared mantuvo la vista fija en las llamas–. Le envío dinero todos los meses y lo único que sé es que lo recoge.

Bailey lo miró fijamente. De repente, el manifiesto había cobrado mucho sentido.

–No todas las mujeres son como tu madre, Jared. Yo no lo soy.

–Pues verás, tengo un problema con eso, Bailey –el tono suave resultaba escalofriante en la oscuridad–. Ni siquiera sé quién eres. Tengo un negocio multimillonario pendiente de una mujer con un pasado que podría hundirnos. Y te niegas a hablar.

–Te he contado lo más relevante –ella dio un respingo.

–Pero ahora vas a contarme la verdad –Jared agitó la carpeta ante ella–. Fin del trayecto.

–¿Qué es eso? –Bailey contempló la carpeta y se le aceleró el corazón.

–Es tu pasado, Bailey.

–¿De dónde lo has sacado? –preguntó ella con calma.

–De mi detective privado. Y confía en mí si te digo que no se le habrá escapado ni un detalle.

–Jared, no puedo... –la sangre le atronaba los oídos a Bailey.

–Sí puedes. Acabo de contarte la sórdida historia de mi familia. Ahora te toca a ti. Aún no lo he leído.

Bailey contempló boquiabierta cómo su jefe se levantaba y arrojaba la carpeta al fuego. Después se volvió hacia ella y hundió las manos en los bolsillos.

–¿Qué significa Alexander Gagnon para ti, Bailey? ¿Qué sabe de ti?

Las llamas terminaron de engullir la carpeta. No había sido un gesto en vano. Bailey era consciente de la oportunidad que le estaba dando de contar su versión de la historia.

–Conocí a Alexander Gagnon cuando acudió a mi espectáculo en el Red Room de Las Vegas.

–¿El Red Room? ¿No es un garito de striptease?

–Sí –ella lo miró a los ojos–. Yo era una stripper de lujo, Jared.

Jared parecía a punto de decir algo, pero al final desistió.

–Sigue.

–Cuando tenía diecisiete años, me escapé a Tampa con una amiga. Vagábamos por las calles de la gran ciudad, sin apenas un centavo en el bolsillo, cuando una chica se acercó a mí. Era bailarina en uno de los locales más calientes. Me aconsejó pedir trabajo allí.

Bailey se retorció las manos en el regazo.

–Debes comprender que éramos pobres de solemnidad. Mi padre era alcohólico y mi madre hacía todo lo que podía para llegar a fin de mes. De modo que, cuando esa chica me dijo cuánto podría ganar, me quedé deslumbrada. Me apunté a clases de baile.

–¿Y empezaste a hacer striptease? –él parpadeó perplejo.

–En una semana bailando ganaba más dinero que mi madre en un mes –Bailey asintió–. Pero, cuando mi padre descubrió de dónde salía ese dinero, se puso furioso. No llegábamos a fin de mes y mi hermana no tenía ropa que ponerse. Pero mi dinero era sucio, y me echó de casa.

–¿Cuántos años tenías? –Jared frunció el ceño.

–Diecisiete –contestó ella con amargura–. Y créeme si te digo que me hizo un favor. Mi padre no resultaba agradable cuando se emborrachaba.

–Por Dios, Bailey, eras una cría –él la miró con gesto

severo–. ¿Cómo te lo permitieron si ni siquiera podías entrar en un bar?

–Mentí. Conseguí una identificación falsa.

–De modo que te trasladas de Tampa a Las Vegas para estudiar –Jared se sentó a su lado y se apretó las sienes–. ¿Y seguiste haciendo striptease?

–Me trasladé allí para bailar, no para estudiar. El dinero me permitía pagarme los estudios. Si sabes lo que haces, Las Vegas es un sitio estupendo para ganar dinero. Trabajé en un par de garitos, aprendí la profesión y acabé en el Red Room. Todas las chicas querían trabajar allí. Las mujeres eran las más guapas, y allí acudían los hombres con dinero. Gané muchísimo.

–¿Y no te molestaba cómo te miraban mientras te desnudabas? –él la miró con desagrado.

–¿Como si mi lugar estuviera en el dormitorio? –le espetó ella, parafraseando el manifiesto–. Era un trabajo, Jared, como cualquier otro. Gané mucho dinero, y me largué en cuanto pude.

–Te quitabas la ropa delante de desconocidos. Eso no es un trabajo normal.

–Mi cuerpo era lo único que tenía –furiosa, Bailey alzó la voz–. Mi hermana, Annabelle, sigue en Lakeland, ganando diez dólares la hora y soportando a un marido alcohólico –la frustración se reflejaba en su mirada–. Yo tenía sueños, Jared. Igual que tú. Tú tenías cerebro, y yo mi cuerpo.

–Tú también posees un impresionante cerebro. ¿Por qué no lo utilizaste?

–Yo no lo sabía –la voz de Bailey se tiñó de frustración–. Yo creía que no era más que basura. Y nadie intentó convencerme de lo contrario. Ni mis profesores, ni mis compañeros de clase, ni las chicas que no me admitían en sus pandillas. Era la pobre chica de los Williams que nunca llegaría a nada. Pero, maldita sea, lo hice.

–¿St. John no es tu verdadero apellido? –Jared se frotó los ojos.

–Me lo cambié cuando abandoné Las Vegas y me trasladé a California –ella sacudió la cabeza.

–¿Te llamas Bailey de verdad?

–Sí. Mi madre me lo puso por su bebida preferida.

Jared abrió los ojos desmesuradamente y guardó silencio durante largo rato.

–Cuando has hablado de stripper de lujo, ¿a qué te referías?

–¿Quieres saber si me acostaba con los hombres para los que bailaba?

–Sí –contestó él secamente.

–¿Cambiaría algo si contestara afirmativamente? –¿empeoraría el estigma de lo que había hecho?

–¡Maldita sea, Bailey! Contesta a la pregunta.

–Bailaba –contestó ella–, y cuando terminaba me iba a casa a estudiar. Nada más. Jamás.

–¿Y dónde encaja Alexander Gagnon en todo esto? –Jared suspiró aliviado.

–El dueño del Red Room elegía todas las semanas a su bailarina preferida para un número especial –Bailey entrelazó las manos y contempló el fuego–. Eso te convertía en la atracción estrella y tenías que llevar una bonita ropa interior de color rojo. A cambio recibías una enorme cantidad en propinas. Aquella semana, yo fui la elegida –no se le escapó la mirada de su jefe –. Alexander acudió al Red Room el martes por la noche. Me dio una enorme propina y me invitó a tomar algo. Lo rechacé. Iba bien vestido y le rodeaba un aura que no se podía ignorar, pero había algo en él que me inspiraba desconfianza. Y mi trabajo se basaba en el instinto.

Bailey esperó unos segundos antes de continuar.

–Volvió las dos noches siguientes, siempre me daba una enorme propina, y siempre me invitaba a tomar algo. La tercera noche, tras rechazarlo de nuevo, yo seguía en el camerino desmaquillándome cuando las demás chicas ya se habían marchado. De repente, tuve la sensación de que no estaba sola y al volverme lo vi. Allí de pie.

–¿Cómo consiguió burlar la seguridad? –él la miró con los ojos entornados.

–Sobornó a Bruno, el dueño, para que lo dejara pasar –ella hizo una mueca–. Volviendo a Alexander, me asusté mucho y le dije que se marchara, pero me ignoró.

–¿Qué pasó? –rugió Jared.

–Me hizo una proposición.

–¿A qué te refieres?

–Me ofreció cincuenta mil dólares por acostarme con él.

–¿Por una noche? –un peligroso brillo iluminó los ojos de su jefe.

–Sí.

–¿Y qué pasó cuando lo rechazaste?

–Me dijo que todo el mundo tiene un precio y que nombrara el mío –Bailey sujetó la copa de vino con fuerza–. Le insistí de nuevo en que se marchara y, en esa ocasión, lo hizo.

–¿Y ya está?

–Volvió las dos noches siguientes, por si había cambiado de idea. Y ya no le volví a ver más.

–Por Dios, Bailey –Jared se levantó y se acercó al fuego–. ¿Por qué no me lo habías contado?

–¿A ti? –ella lo miró incrédula–. Tú eres el hombre que redactó un manifiesto explicando que el lugar de una mujer estaba en el dormitorio, no en la sala de juntas. Debes de estar de broma.

–Sabes muy bien que no me refería a ti –él sacudió la cabeza–. ¿Qué te dijo en el yate?

–Se dio cuenta de que nadie lo sabía, de que había ocultado mi pasado.

–¿Y?

–Y entonces nos interrumpiste.

–No puedes huir de tu pasado eternamente –Jared la miró fijamente–. Siempre acaba por atraparte.

–¿Y qué podía hacer, contarle a todo el mundo que había sido una stripper? –ella hizo una mueca–. Toda mi vida me he esforzado por dejar atrás mi pasado, Jared. No me avergüenzo de lo que hice, pero soy consciente de que los demás me juzgarán. ¿Qué crees que pasará?

Jared permaneció en silencio porque sabía que ella tenía razón.

–Aún te desea –murmuró al fin–. Quiere ganar. Eso es evidente.

El pasado la había atrapado. Bailey siempre había sabido que sucedería, pero ¿por qué en ese preciso momento? Justo cuando estaba a punto de superarlo.

Ardientes lágrimas de frustración llenaron sus ojos. Vació la copa de vino y la dejó en el suelo.

–Soy un lastre –concluyó con calma–. Tienes que sacarme del proyecto, Jared. Elimíname de la ecuación. Tú lo sabes y yo lo sé.

Sus miradas se fundieron, azul con azul. El destello fue casi imperceptible, pero a ella no se le escapó. Y estuvo segura de que tenía razón.

–Sácame del proyecto –insistió mientras se ponía en pie–. Es lo mejor.

Y se marchó antes de echarse a llorar allí mismo.

Conmovido por lo que acababa de averiguar, Jared la observó irse, incapaz de perseguirla. Había sido una stripper de lujo en Las Vegas. Se había desnudado delante de desconocidos cada noche, ganado un montón de dinero para pagarse los estudios.

La idea estaba tan fuera de lugar que casi le provocó una carcajada. Y se habría reído de no haberse sentido tan estupefacto. Se la había imaginado vendiendo zapatos o sirviendo cafés, pero en realidad había estado amontonando los billetes que los hombres le metían en el tanga, sacrificando su inocencia por el camino.

No conseguía quitarse de la cabeza la imagen de esa mujer bailando sobre un escenario, vestida con lencería fina. ¿Cuántos hombres no se habrían aliviado viéndola así? ¿Y por qué le torturaba esa idea?

A falta de otra idea mejor, optó por tomarse un whisky. Un Lagavulin de dieciséis años que encontró en la villa serviría. Quizás le ayudaría a borrar de su mente la expresión del rostro de Bailey cuando había arrojado esa carpeta al fuego, obligándola a confesar.

La había obligado a revelar una parte de su vida que ella habría preferido que permaneciera en secreto eternamente.

Salió a la terraza con la copa y se apoyó en la barandilla. El mar brillaba bajo la luz de la luna. El whisky se deslizó por su garganta, caldeándole un poco. Tenía que saberlo, lo necesitaba. El fin justificaba los medios. ¿Y después qué?

Debería sacar a Bailey del proyecto, ocuparse él solo, por el bien de ambos. Era evidente que Alexander Gagnon estaba obsesionado con ella. Le había ofrecido una exorbitante cantidad de dinero por una noche con él. Un hombre así no se rendía. Al infierno el acuerdo comercial.

Sin embargo, también estaba Davide a tener en cuenta. Bailey era su as en la manga en cuanto al más mayor de los Gagnon. Necesitaba la mente de esa mujer para ganar.

«Yo tenía sueños, Jared. Igual que tú. Tú tenías cerebro, y yo mi cuerpo». De nuevo vio la expresión de su rostro cuando le había pedido que la sacara del proyecto.

Se le encogió el estómago. Bailey había luchado por salir de una vida que la mayoría habría asumido como un destino. Era la mujer más competente e inteligente y, por Dios, la más hermosa que hubiera conocido jamás. Sus brillantes ideas habían construido el proyecto.

Contempló las luces de los barcos que se mecían sobre el agua y una extraña certidumbre se instaló en su interior. Bailey necesitaba a alguien que creyera en ella. Estaba casi seguro de que jamás lo había tenido. Y no iba a dejarla tirada.

Estaba totalmente fuera de lugar.

Y fue en ese preciso instante cuando Jared Stone comprendió que ese manifiesto era la mayor porquería que hubiera escrito jamás.

Bailey acababa de ponerse el camisón cuando oyó un golpe de nudillos en la puerta. Aún abrumada por las emociones, fue incapaz de moverse.

—Estoy bien, Jared. Necesito dormir.

—No pienso marcharme hasta que hable contigo. Abre la puerta.

El tono de voz era duro e implacable, al igual que el propio Jared. Soltando un juramento, Bailey se puso la bata y abrió la puerta al feroz guerrero que ocupaba todo el quicio.

—No voy a dejarte tirada –le anunció él–. Somos compañeros y vamos a hacerlo juntos.

—Jared... –ella se mordió el labio inferior mientras intentaba contener las lágrimas. Después de lo que le había contado, ¿todavía la apoyaba?

—Somos un equipo –la mirada se dulcificó–. Has confiado en mí lo suficiente como para hablarme de tu pasado, y me consta que no ha debido de ser fácil. Te necesito en esa sala conmigo, Bailey.

Una lágrima encontró su camino por la mejilla de Bailey. Nadie había demostrado jamás tanta fe en ella. Estaba sola desde los diecisiete años y, de repente, estaba harta. Harta de luchar sola.

–Por Dios, Bailey –él dio un paso al frente y le secó la lágrima con el pulgar–. ¿Creías que iba a abandonarte? ¿Después de cómo te has entregado al proyecto? Davide adora tus ideas.

–Creía que ya no me respetarías –ella evitó mirarlo, pero las lágrimas siguieron rodando–, que ya no me querrías dentro del proyecto si supieras que había sido una...

–No pienso seguir sin ti –él le tomó la barbilla y la obligó a mirarlo–. Y en cuanto a ti, nunca había respetado más a una mujer. Por quien eres. Por lo que has hecho.

Algo se derritió dentro de Bailey. Algo que llevaba tanto tiempo congelado que había olvidado su existencia. Quizás fuera su corazón.

–¿Y qué pasa con Alexander? Jamás me perdonaría que perdieras el negocio por mi culpa.

–No voy a perder –le aseguró él–. A Alexander Gagnon le gusta ganar. Pero a mí me gusta más.

–Pero...

Jared posó un dedo sobre los labios de Bailey para silenciarla. Ella se sentía tan confusa que solo era consciente de la energía que vibraba entre ellos y que la mantenía paralizada mientras los ojos de ese hombre se oscurecían con una emoción que era incapaz de descifrar. Los deliciosos labios le besaron las mejillas, bebiendo las lágrimas, reconfortándola.

Bailey no supo decir quién empezó a besar a quién. La comunicación que se estableció fue muda. Tomó la mandíbula cuadrada entre sus manos y lo devoró mientras él encontraba el cinturón de la bata y lo soltaba. Sus cuerpos se apretaron el uno contra el otro hasta que ya no fue posible discernir dónde terminaba uno y empezaba el otro.

–Eres tan hermosa... –susurró él con voz ronca mientras deslizaba los ardientes labios por su cuello hasta que ella hundió las manos en los fuertes hombros y pidió más.

–No podemos hacer esto –jadeó ella–. Eres mi jefe.

–Nunca ha sido sencillo entre nosotros –él sacudió la cabeza–. Y lo sabes.

–Jared...

Él introdujo un dedo bajo el tirante del camisón y deslizó la mano hasta tomar un pecho con la mano ahuecada. A Bailey se le aceleró el corazón, pero, aunque hubiera podido apartarse, aunque debería haberse apartado, el deseo la mantuvo pegada a él. Nunca había permitido a ningún hombre tocarla de ese modo. Y, cuando sintió los ardientes labios cubrir su boca, empezaron a temblarle las rodillas.

La dulce y acompasada urgencia le sacudió el cerebro. Bailey hundió los dedos en el oscuro cabello y cerró los ojos. Y, por primera vez en su vida, se dejó ir. Jared deslizó una pierna entre sus muslos y la atrajo hacia sí. Estaba duro y ella se sintió excitada hasta la locura.

–Jared... –gimió mientras se retorcía contra él.

Jared deslizó el tirante del camisón por el hombro de Bailey y se inclinó para saborear el tenso pezón. La febril sensación resultaba totalmente nueva para ella.

Sin saber cómo, se encontró en sus brazos, transportada hasta el sofá del salón. Jared se sentó y ella le rodeó la cintura con las piernas. De nuevo las bocas se fundieron en un ardiente beso.

Dada su falta de experiencia, Bailey debería haber sentido pánico, sin embargo, con Jared aquello parecía estar bien. La joven deslizó los labios por el masculino cuello, saboreando el almizcle y la sal.

Jared introdujo las manos bajo el camisón, bajo la atenta mirada de Bailey.

–Eres toda una mujer –murmuró él con voz ronca.

–Demasiado, diría yo.

—Eres perfecta —Jared sacudió la cabeza—. ¿Sabes en qué pensaba la noche que me pediste que te eligiera los zapatos?

—¿En qué?

—En esto —Jared deslizó los dedos por el borde de las braguitas hasta el lugar que ya estaba en llamas.

A Bailey se le encogió el estómago cuando el pulgar empezó a describir círculos, dolorosamente lentos, sobre el núcleo.

—Pensé que, si se hubiera tratado de una cita —continuó él—, nos habríamos quedado en la habitación y te habría hecho llegar al clímax, al menos dos veces.

—Jared... —ella perdió la compostura.

—Mejor tarde que nunca, ¿no crees? —Jared le cubrió los labios con un dedo.

Dado que sería su primer orgasmo, Bailey era incapaz de responder a la pregunta. Y mejor así, porque Jared eligió ese momento para cambiar posiciones y arrodillarse frente a ella.

—Separa las piernas para mí, cariño.

El pulso de Bailey se aceleró hasta tal punto que temió desmayarse. Jamás se había imaginado que fuera posible sentirse tan excitada y tan consciente al mismo tiempo.

Y de repente los muslos se separaron solos. Jared deslizó las manos por el interior, preparándola, hasta que ella ya no soportó más y tuvo que cerrar los ojos. Agachándose, él presionó la boca contra las húmedas braguitas mientras le sujetaba las caderas con las manos hasta hacerle olvidar su propio nombre.

—Eres tan hermosa... —murmuró él—. Quizás dos veces no baste.

Jared siguió deslizando la lengua, arrancándole gemido tras gemido. Con maestría variaba la presión y el ritmo, preguntándole si le gustaba. Al principio ella le devolvía respuestas racionales, hasta que empezó a estremecerse y le suplicó que se callara.

La suave risa alcanzó la piel de entre los muslos y, cuando deslizó un dedo en el interior de la joven, ella respondió con otro gemido. La lengua volvió a entrar en acción y el mundo se nubló. Instintivamente, ella supo que era exactamente lo que necesitaba.

–Bailey –murmuró él–, nena. Déjate ir.

Bailey basculó las caderas y se agarró a la tapicería del sofá a medida que él aumentaba el ritmo. Le suplicó, pero él no tuvo piedad, añadiendo otro dedo más al primero hasta que la llevó a la cima. Lo único que impidió que su grito rasgara el silencio de la noche fue la mano con la que se cubrió la boca.

De modo que era eso por lo que se armaba tanto jaleo

–¿Qué has dicho? –Jared le retiró el cabello del rostro.

–Nada –«¡Dios mío, que no lo haya dicho en voz alta!».

Jared la miró extrañado antes de que una perezosa sonrisa curvara sus labios. Levantándose, la tomó en sus brazos.

Con cada paso que daba hacia el dormitorio, a Bailey se le aceleraba más el corazón. Tenía que contárselo y no podía esperar más.

–Jared –ella clavó un dedo en su hombro–. Párate un segundo. Tengo que decirte algo.

–¿Qué sucede? –Jared se paró en seco y la contempló con curiosidad.

–Yo nunca... –las mejillas de Bailey se tiñeron de ardiente escarlata–. Deberías saber que soy...

–Tienes que estar de broma.

Capítulo 7

LA EXPRESIÓN de Bailey le provocó a Jared un escalofrío, y la dejó en el suelo tan deprisa que estuvo a punto de caerse.

–Dime que estás de broma –insistió él.

–¿A qué viene tanto jaleo? –Bailey lo empujó y alzó la barbilla desafiante.

–¿Me estás diciendo que eres una mujer de veintinueve años, antigua stripper... y virgen?

–¿Vas a recordármelo cada vez que hables conmigo? –el rojo de las mejillas se intensificó.

–No comprendo cómo ha podido suceder –él cerró los ojos y se revolvió el cabello.

–Muy sencillo –Bailey apretó los labios–. Nunca me he acostado con un hombre. Comprendo que te resulte difícil de entender. La mitad de las mujeres de Silicon Valley va por ahí luciendo ese bonito brazalete de diamantes, como si se tratara de una medalla.

–Me refería a tu edad y tu pasado, Bailey. No has vivido en un convento, precisamente.

–¿Qué esperabas? –ella lo miró furiosa–. ¿Creías que sería una experta en técnicas amatorias?

–En realidad, no estaba pensando, Bailey –Jared entornó los ojos–. Creo que es bastante evidente, después de lo que ha sucedido.

Lo único que había tenido en la cabeza era llevársela a la cama y tomarla hasta el amanecer.

Pero eso no iba a suceder. Las vírgenes querían un anillo en el dedo. Promesas de amor eterno. En eso no se había equivocado su manifiesto.

–¿Por qué? –frustrado y excitado, necesitaba respuestas–. ¿Por qué eres virgen a los veintinueve años?

–Ni idea, Jared –Bailey se abrazó a sí misma–. Tendría que ser psicoanalista para saberlo. En Las Vegas no salía con nadie. Los hombres que me pedían una cita solo buscaban una cosa, y no era precisamente cortejarme. Y, cuando me trasladé a Silicon Valley, estaba demasiado ocupada trabajando.

–Y tu padre –señaló él–, no debe de haberte dibujado una imagen muy buena de los hombres.

No. Su padre le había roto el corazón, y el corazón de su madre. Una y otra vez hasta igualarlos al suyo, también roto tras veinte años deseando ser el héroe que una vez fue.

–Seguramente tuvo bastante que ver.

–No me trago que estuvieras demasiado ocupada trabajando en Silicon Valley para salir con alguien. He visto a los hombres perseguirte.

–Porque para ellos soy un desafío –señaló Bailey–. ¿Crees que no sé lo que dicen de mí? ¿Las apuestas que hacen? El día que me acueste con uno de ellos, la noticia se propagará más rápido que tu manifiesto –arrugó la nariz–. Prefiero no darles esa oportunidad.

–Entonces, ¿qué ha pasado ahí? –Jared señaló el sofá.

–Una estupidez por mi parte –ella puso los ojos en blanco–. Cierto que hay química entre nosotros. Y por un segundo, en realidad cinco minutos –se corrigió–, hice lo que me apetecía.

El corazón de Jared falló un latido y hundió las manos en los bolsillos para no ceder al deseo de llevarla a ese dormitorio y terminar lo que habían empezado. Le gustaba Bailey, quizás incluso se había encariñado con ella, pero a pesar de las ganas de acostarse con ella, él no se lo hacía con vírgenes. Era incapaz de ello. Sería como una mancha en su inmaculado expediente.

–Solo tengo una pregunta –alzó la vista y la miró fijamente a los ojos.

–¿Qué? –el rostro de Bailey reflejaba preocupación.

–¿Nunca te sientes frustrada por la falta de...?

–Sal de aquí ahora mismo, Jared –el azul de los ojos de Bailey se oscureció varios tonos.

¿Cómo se levantaba una de la cama cuando la noche anterior había estado revolcándose con el jefe? Bailey no estaba precisamente habituada a esas cosas y la idea de enfrentarse durante el desayuno a un hombre que horas antes había estado arrodillado, con la cabeza entre sus muslos, devorándola, no se le iba de la cabeza.

Se cubrió el rostro con la almohada y permaneció tumbada en la cama. Lo único que la salvaba era que no había gritado. Sin embargo, los gemidos de aprobación sí habían sonado alto y claro. Y, de habérsela llevado a la cama, le habría permitido tomar su virginidad. Porque, durante un instante, había conocido al verdadero Jared. El hombre que se escondía tras el manifiesto. El hombre que la tenía en tan alta estima que la había apoyado cuando no debería.

El hombre que la había calificado como la mayor experta en marketing con la que hubiera trabajado jamás.

«Nunca había respetado más a una mujer. Por quien eres. Por lo que has hecho».

Bailey apretó la almohada con más fuerza contra el rostro. ¿Solo había intentado acostarse con ella? ¿Le había intrigado su pasado y se habría preguntado cómo sería haciendo el amor? No, no era cierto. Jared arriesgaba mucho apoyándola para no ser más que sexo. El talón de Aquiles de su jefe era su absoluta incapacidad para comprometerse. Y una virgen debía de ser un fenómeno desconcertante y aterrador para él.

Arrojó la almohada a un lado. Aunque la respetara,

seguía siendo Jared, un hombre al que ninguna mujer se podía acercar, salvo que fuera tan superficial como él en cuanto al sexo.

Y sin querer se preguntó por la parte del manifiesto que aún no había leído.

Saltó de la cama y encendió el ordenador. Tecleó la palabra «virgen» y esperó. Ahí estaba...

Nunca, nunca, te lleves a una virgen a casa a no ser que estés preparado para abrirle tu hogar. Cierra todo a cal y canto. Con una virgen no sirve lo de intentar ver qué pasa. He visto a grandes hombres estrellarse y quemarse vivos.

Se le nubló la visión. ¿Qué le pasaba? ¿Cuándo había olvidado quién era Jared? Más o menos en el momento en que la había besado y su cerebro se había convertido en un trasto inútil.

Con un brusco movimiento, se puso en pie y se dirigió a la ducha. Fingiría que la noche anterior no había sucedido. Apreciaría el apoyo de su jefe, que arriesgaba mucho manteniéndola en el puesto, y después se alejaría de Jared Stone mientras aún le quedara un ápice de cordura.

Lo encontró desayunando en la terraza con el periódico desplegado ante él. Sin duda ya había dado buena cuenta de un par de cruasanes. Ese hombre tenía el metabolismo más rápido que hubiera visto. Vestido con pantalones cortos y una camiseta gris, dejaba muy poco a la imaginación.

Y eso no ayudaba.

Las mejillas entraron de inmediato en combustión al encontrarse con su mirada azul. Las imágenes de la noche anterior irrumpieron irremediablemente en su cabeza. Sin embargo, la que estaba allí era la Bailey fría y compuesta. Podía con ello.

–Buenos días –saludó él mientras ella se sentaba a la pequeña mesa.

Bailey intentó ignorar la sensualidad que emanaba de la ronca voz y le devolvió el saludo. También intentó no pensar en cómo sería la situación si siguieran en la cama, juntos, por la mañana, lo cual no había sucedido porque había huido de ella como si de la peste se tratase.

Y no era que le guardara rencor ni nada de eso.

Tomó un cruasán, todavía caliente, relleno de chocolate.

–Georgina se ha esmerado esta mañana.

–No sé cómo consigue que el chocolate se quede en el centro –Jared contempló el bollo.

–Hay que enrollarlo así –Bailey desplegó una servilleta y le mostró el mecanismo.

–Al parecer, se te da bien la cocina –él arqueó una ceja–. Eso es todo un afrodisíaco.

Pero no si lo mezclabas con su situación de virgen, al parecer.

–Cuidado, querría dominar la cocina de tu hogar –ella cortó el cruasán–. Y eso sería horrible.

–Sabía que lo buscarías –Jared sonrió–. Lo cierto, Bailey, es que nada me gusta más que una mujer cocinando para mí. Siempre que, cuando termine, cierre la puerta y se marche.

Ella cerró los ojos ante la tentadora visión de ese hombre con la boca manchada de chocolate.

–No sé si puedo con esto.

–¿Con qué? –el tono de su jefe era divertido–. ¿Vivir conmigo otra semana más? Cuéntamelo.

Ella sacudió la cabeza. No iba a volver a sincerarse con él. Ese hombre era un maestro de la instigación. Se sirvió una taza de café y colocó la cafetera estratégicamente entre ambos.

–¿Crees que puedes borrarme de tu vida con una cafetera? –preguntó él aguantándose la risa.

–No –Bailey lo miró a los ojos mientras se echaba leche en el café–. Pero ¿qué alternativa tengo? ¿Quieres que hablemos sobre lo de anoche?

–Al menos tú sacaste algo –Jared se encogió de hombros–. Pero ¿yo qué? Esta mañana he tenido que correr más de ocho kilómetros.

–Te sugiero que no volvamos a referirnos a ese asunto jamás –el rostro, ya de por sí enrojecido, de Bailey se incendió.

–De acuerdo –una amplia sonrisa iluminó el rostro de su jefe–. Solo te digo que no eres tú la única que está irritable esta mañana.

–No estoy irritable –si acaso, enfadada–. Leer el resto de tu manifiesto me ha despejado la mente. He sido una estúpida al creer que mi virginidad no significaría nada para un seductor como tú.

–En primer lugar –la sonrisa de Jared se esfumó–, estás exagerando. Y en segundo lugar, solo hubo un motivo por el que me marché anoche, Bailey. Yo no hago promesas que no sea capaz de mantener. No me gusta ilusionar a las mujeres. Si eso me convierte en un imbécil...

–¿Y quién te pidió una promesa? –ella sacudió la cabeza perpleja–. Estás tan pagado de ti mismo, sobre lo que crees que sabes de las personas, que no tienes ni idea ¿a que no?

–Mírame a los ojos y dime que no lo quieres todo –él la taladró con la mirada–. Dime que no quieres un hombre que te quiera, un anillo de diamantes y todo lo que le acompaña.

–¿Quieres saber la verdad, Jared? –Bailey se mordió el labio inferior–. No sé qué es el amor. Jamás lo he disfrutado. ¿Cómo puedo saber si lo quiero o no? Mis padres me echaron de casa a los diecisiete años. Y bailar destrozó mi confianza en los hombres –se encogió de hombros–. Llevo tanto tiempo luchando en solitario que me conformaría con un hombre que me respete. Un hombre que no me mienta. Uno que me quiera por lo que soy.

–Estamos hablando de mis reglas, Bailey –Jared apretó los labios–. De no haber sido la última virgen sobre la faz de la Tierra, anoche habría dado rienda suelta a mis más oscuras y salvajes fantasías sobre ti. Y créeme, tengo unas cuantas.

–Eres un imbécil, ¿lo sabías? –Bailey se sentía humillada y seducida a partes iguales–. ¿Sabes qué creo? Creo que tus reglas no son más que una excusa. El matrimonio de tus padres fue un desastre y crees que todas las relaciones son así. Evitas comprometerte con nadie para no tener que enfrentarte a la realidad –arqueó una ceja–. Creo que tienes miedo.

–Mira quién fue a hablar –él la contempló con gesto severo.

–Tienes razón –Bailey dejó el cruasán en el plato–. Pero al menos yo lo reconozco.

–¿Adónde vas? –rugió Jared cuando ella hizo ademán de levantarse–. Aún no hemos terminado.

–Necesito dar un paseo.

Durante las dos horas que había estado levantado mientras ella seguía en la cama, Jared había estado evitando la verdad. Besarla, tocarla como había hecho la noche anterior, le había resultado inevitable. Al menos tenía eso. ¿Cómo podía alguien alcanzar la edad de veintinueve años y seguir siendo virgen?

La contempló dirigirse hacia la playa, con la espalda perfectamente recta y los hombros altos.

«Por un segundo hice lo que me apetecía».

Jared soltó un juramento y arrojó la servilleta sobre

el mantel. ¿Cómo debía interpretar eso? ¿Qué debía hacer con semejante información? Necesitaba mantenerse alejado de Bailey. Esa mujer era como una señal de peligro andante, y no podía permitirse el lujo de ceder a la debilidad cuando lo único que importaba era lograr ese contrato. Entonces, ¿por qué caminaba tras ella como un toro empeñado en salirse con la suya?

–Márchate, Jared –Bailey lo miró con desconfianza.

–¿A qué te referías cuando dijiste que bailar destrozó tu confianza en los hombres?

–Si hubieras ido alguna vez a un club de striptease no me lo preguntarías –ella lo miró.

–No es mi estilo –él se encogió de hombros.

–Me lo imagino. Las mujeres se agolpan ante tu puerta para pasar una noche con el león.

–Bailey...

–¿Por qué me lo preguntas?

–Quiero saberlo.

A Jared le desconcertaba lo que pudiera estar pasando tras esos fríos ojos azules. ¿Vergüenza? ¿Necesidad de protegerse?

–Hay cuatro clases de hombres que acuden a un club de striptease –ella al fin se encogió de hombros–. Los tipos que celebran una despedida de soltero, beben demasiado y te dejan buenas propinas antes de marcharse. Luego están los habituales, algunos incluso terminan por convertirse en amigos. Te pagan para que bailes para ellos o te sientes con ellos a oír las cosas que sus mujeres ya no quieren oír porque hace tiempo que ya no les escuchan.

–Hasta ahora no haces más que darme la razón –él hizo una mueca.

–Esos son los habituales buenos –Bailey no le hizo caso–. Pero pueden convertirse en habituales malos si se enamoran de ti. Porque siempre deciden rescatarte, apartarte de esa vida y casarse contigo. Si tienes mala suerte, se convierten en acosadores y entonces tienes un grave problema.

—¿Te sucedió a ti?

—Una vez. Por suerte le vieron seguirme hasta el coche y llamaron a la policía.

—¿Y la cuarta clase? —Jared parecía horrorizado.

—Son los hombres que buscan denigrarte. Han fracasado en sus vidas y no se sienten apreciados en sus casas, no se sienten lo bastante hombres. Te insultan para sentirse mejor.

—¿Y cómo le hacías frente a eso? —él sonrió con amargura—. No te imagino llevándolo muy bien.

—Tienes razón. Una noche, un tipo me puso la mano en el trasero y yo le abofeteé —Bailey frunció los labios—. Él me devolvió el golpe, pero mucho más fuerte que el mío.

—¿Y qué pasó?

—Los gorilas lo echaron del club. Pero regresó a la noche siguiente.

—¿Le permitieron volver?

—Era un buen gastador y eso era lo único que importaba.

—¿Sucedía con frecuencia?

—No. Lo habitual era el abuso verbal. Al final te acostumbras, aunque te mina la autoconfianza.

Parecía tan vulnerable, tan diminuta a su lado que Jared se sintió enfurecer al pensar en ello.

—¿Hay normas sobre el contacto físico?

—Para ganar mucho dinero hay que hacer bailes privados —ella apartó la vista, avergonzada.

—¿Bailes eróticos, sentada en el regazo de un tipo?

—Sí.

Él nunca había disfrutado de un baile de esos. Los había visto, pero no le resultaban atractivos.

—Y esos bailes... —murmuró él con voz ronca— ¿se hacían con o sin ropa?

–Llevábamos braguitas –Bailey se sonrojó–. En realidad llevábamos dos, aunque no sé para qué.

–¿Y no te molestaba tener que hacerlo?

–Pues claro que me molestaba –le espetó ella–. Pero aquello era un trabajo. Un trabajo muy lucrativo en el que los hombres me pagaban mucho dinero para que me quitara la ropa. Si no hubiera tenido problemas de dinero toda mi vida, seguramente habría elegido otro oficio. Pero no crecí entre lujos y quería labrarme una vida mejor.

Captada la insinuación.

–La mayoría de los hombres estaba bien –Bailey miró hacia el mar–. No cruzaban la línea.

–Salvo los hombres como Alexander.

–¿Sabes lo que me dijo aquella noche en el camerino?

Jared no lo sabía, pero asintió de todos modos.

–Dijo que respetaría mis límites extremos.

–Cuando estemos en París, mantente alejada de él –Jared apretó los puños.

–De acuerdo –Bailey asintió.

Lo último que él quería era que Gagnon estuviera cerca de Bailey. Y desde luego no iba a permitir que ningún hombre le pusiera una mano encima. Jamás.

Jared se revolvió el cabello y parpadeó contra el fuerte sol. En su estómago se acumulaba la inquietante preocupación de estar perdiendo la cabeza. Era obvio que tenía que proteger a Bailey de Alexander. En cuanto a lo demás, al deseo de conservarla, jamás podría hacerlo. Ni siquiera sabía de dónde había surgido esa loca idea.

Capítulo 8

JARED y Bailey aterrizaron en París el domingo por la noche, en un avión privado de Stone Industries, con una brillante presentación bajo el brazo. Un coche les esperaba en la terminal.

Jared contemplaba atentamente el paisaje del Sena a medida que se acercaban al hotel. «La ciudad de la luz», era una expresión más acertada que «la ciudad del amor». El amor era un mito propagado por los románticos del mundo. Y no había ciudad más hermosa que París de noche.

«No sé qué es el amor. Jamás lo he disfrutado. Me conformaría con un hombre que me respete. Un hombre que no me mienta. Uno que me quiera por lo que soy».

Jared frunció los labios y se concentró en las elegantes fachadas de los edificios que bordeaban el río. Bailey era todo lo que un hombre en su sano juicio podría desear. Inteligente, hermosísima, interesante y deseable. ¿Por qué nadie había conseguido traspasar su barrera?

Decidió despejar su mente de tales pensamientos mientras el coche se detenía frente al elegante hotel. Si sabía lo que le convenía, se mantendría alejado de esa mujer.

El avión había despegado de Niza con retraso y tenían menos de una hora antes de la cena que se ofrecería en su honor y en el de Gehrig. El tiempo justo para registrarse en el hotel y arreglarse. Dejó a Bailey para que se duchara y se vistiera en la suite contigua a la de él y procedió a hacer lo mismo en la suya.

Estaba terminando de vestirse cuando un golpe de nudillos sonó en la puerta que comunicaba ambas suites. Al abrirla se encontró con Bailey, completamente arreglada y dando impacientes golpes con el pie en el suelo.

–Solo me falta la corbata –murmuró mientras se daba la vuelta.

–Qué ciudad tan hermosa de noche –murmuró Bailey asomándose al balcón.

–Es una de mis ciudades preferidas –asintió él.

–Ciudad de la que nunca disfrutarás durante tu luna de miel porque no te casarás. Qué pena.

–Eres una adivina –le espetó Jared–. Puedo traer a mi novia y me ahorro los gastos del divorcio.

–Te crees que eres un tipo duro –ella soltó una carcajada–. Pero no lo eres. ¿Lo sabías?

Jared optó por no responder. Bailey llevaba un elegante vestido blanco que le llegaba a las rodillas y marcaba las curvas de su espectacular cuerpo. El cabello estaba recogido en un moño que dejaba al descubierto la nuca. La estricta norma de no tener contacto con vírgenes debería haberle protegido del deseo de hundir la boca en ese cuello. Desafortunadamente, su cuerpo no estaba cumpliendo con el estratégico plan.

Reprimió un juramento y se anudó la corbata con la rapidez de alguien que odiaba ese accesorio.

Ella supervisó el proceso con ojo crítico y se acercó con decisión a él, acelerando el pulso de su jefe que contuvo la respiración mientras ella le apartaba una mano.

–Llevas la corbata torcida.

Jared mantuvo los brazos a los lados del cuerpo mientras ella le desanudaba la corbata con una técnica fluida y perfecta. El perfume que llevaba se le introdujo por la nariz y las curvas que se moría por tocar estaban tan cerca de su cuerpo que estuvo a punto de volverse loco.

–¿Cómo aprendiste a hacer tan bien el nudo de la corbata si nunca has tenido un amante?

–Clases de protocolo –Bailey frunció los labios y terminó el trabajo.

–¿Clases de protocolo? –él la miró perplejo–. ¿Cómo en Pigmalión?

–Si tú lo dices –ella sonrió.

–¿Por qué?

–Crecí pobre como una rata sin idea de cómo comportarme en sociedad –las mejillas de Bailey se tiñeron de rosa–. Trabajé como stripper. ¿Dónde iba a aprender a hablar durante una cena de negocios? ¿Cómo saber qué tenedor utilizar? Mi título en Empresariales no me preparó para nada de eso.

–Entiendo –a Jared se le encogió el corazón. Aunque solo un poco.

Cada vez que construía un muro para protegerse de esa mujer, ella lo derribaba. A veces con una frase que le recordaba lo vulnerable que era bajo ese duro exterior. Y siempre despertaba en él ganas de abrazarla y protegerla.

–Jared... –ella se mordió el labio inferior y lo miró a los ojos. Y, por Dios bendito, que estuvo a punto de tomar esa seductora boca y hacer lo que deseaba hacer. Pero eso no iba a suceder.

–Tenemos que irnos –anunció él bruscamente dando un paso atrás–. Vamos tarde.

A los ojos de la joven asomó una expresión de dolor que él ignoró.

–El coche nos espera. Vamos.

La marisquería de la Rue de Rivoli estaba repleta de gente disfrutando de la cálida noche parisina. El maître les condujo hasta la mesa del chef al fondo del restaurante.

Eran los últimos en llegar de un total de siete comensales. John Gehrig, director general de Gehrig Electronics, se levantó para presentarse él, a su esposa, Barbara, y al vicepresidente de marketing. Gehrig era un hombre amable y cálido de cincuenta y pocos años que gustó a Bailey de inmediato. Al igual que Barbara, la encantadora y astuta consejera legal de su marido.

Bailey saludó a Davide y luego a Alexander, vestido con un traje gris y camisa azul marino. El joven Gagnon se inclinó para besarla en ambas mejillas, provocándole un escalofrío.

–Estás impresionante –le murmuró él al oído–. Qué pena que sea Stone el que tiene el placer de acompañarte.

–Encantada de volver a verte –Bailey dio un paso atrás.

Jared insistió en sentarse junto a Alexander, dejando a Bailey al lado de Barbara.

–¿Y bien? –murmuró la mujer cuando terminaron el primer plato–. ¿Jared y tú estáis juntos?

–¿Qué te ha hecho pensar eso? –Bailey sacudió la cabeza.

–El modo en que te mira, como si le gustara que fueras tú el plato principal. Por otra parte está el oscuro y peligroso Alexander... –continuó Barbara–. Según la prensa, es imposible de atrapar.

Por enésima vez, Bailey se preguntó por qué ese hombre estaba obsesionado con ella.

Jared reclamó su atención, rozándole el brazo con una mano. El gesto no se le escapó a Alexander, que no le quitaba la vista de encima. Bailey se inclinó hacia su jefe y contribuyó a la conversación con un comentario sobre las ventas. La joven no se molestó en disimular que le agradaba el contacto físico. Por supuesto, toda la puesta en escena iba destinada a Alexander.

Fiel al estilo parisino, la cena se prolongó con una sucesión de platos de la deliciosa cocina francesa. Al final, Bailey perdió la cuenta de las botellas de vino que se habían consumido, todo acompañado de una fructífera conversación de negocios para aprovechar la noche, sin descuidar los placeres de la comida. El final de la cena lo marcó una fuente de quesos para degustar con un oloroso oporto. Davide y Jared fueron invitados a visitar la bodega, mientras que los Gehrig salían a la calle a fumar y el vicepresidente aprovechaba para hacer una llamada. Para no quedarse a solas con Alexander, Bailey se excusó y se dirigió al tocador de señoras.

Aunque se tomó su tiempo, al regresar a la mesa, Alexander seguía solo.

—Siéntate, Bailey —Alexander se levantó—. No muerdo.

«Sí lo haces», quiso contestar ella. Sin embargo, para no provocar una escena, se sentó.

—¿Qué tal va la presentación? —Alexander bebió un sorbo de vino—. ¿Estáis listos para el martes?

—Creo que te va a gustar el resultado final —ella asintió.

—Bien —Alexander dejó la copa en la mesa—. Creo que la visión de Jared es la acertada.

—Me alegra que te hayas dado cuenta —Bailey lo miró con desconfianza.

—¿Por qué no aceptaste mi ofrecimiento en Las Vegas, Bailey? —los ojos grises brillaban.

—No era nada personal —ella tragó con dificultad—. Nunca confraternizaba con los clientes.

—Y, sin embargo, confraternizas con tu jefe.

—Jared y yo no mantenemos una relación —las mejillas de la joven se incendiaron.

—Venga ya, Bailey. Estás hechizada por él. Si aún no te has acostado con Jared, lo harás.

—Elige un tema de conversación más adecuado o me marcho de la mesa.

—No pasa nada —continuó él—. Solo te pido una noche. El trato es el mismo que en Las Vegas, pero esta vez no habrá cincuenta mil dólares. Esta vez conseguirás el contrato para tu chico.

–¿Por qué yo, Alexander? –ella lo miró boquiabierta–. Puedes tener a cualquier mujer.

–Quiero lo que tiene él –Alexander señaló la silla de Jared–. Lo que he querido siempre.

Bailey sacudió la cabeza. Ese hombre era un sociópata.

–Para ser una stripper, eres muy ingenua, Bailey –él la miró con los ojos entornados–. Quiero fantasía. Quiero lo que vendías subida a ese escenario, pero lo quiero solo para mí. Quiero saber que, cuando me hunda dentro de ti, tendré lo que ninguno de ellos tuvieron.

–Estás enfermo –Bailey se levantó sobre sus piernas temblorosas.

–No –le aseguró él seriamente–. Sé muy bien lo que quiero. Y ahora siéntate, ya vuelven.

Jared y Davide se acercaban. Jared clavó sus ojos en ella y Bailey se volvió a sentar en la silla.

–Por el bien de Jared, no armes un escándalo –murmuró Alexander–. Piénsalo.

Bailey no fue muy consciente de lo que sucedió durante la hora que siguió. Los demás bebieron oporto y comieron queso y, de algún modo, la velada llegó a su fin.

Alexander se ofreció a llevarles al hotel y, para no resultar grosero, Jared aceptó. Al fin solos en el ascensor, Jared se cruzó de brazos y miró a Bailey con gesto de preocupación.

–¿Qué pasó con Alexander en la mesa?

Ella se apoyó contra la pared de la cabina. La cabeza le daba vueltas.

–Me dijo que, si aceptaba su ofrecimiento de Las Vegas, podría salvar el acuerdo.

–¿Qué? –exclamó él estupefacto.

–Me aseguró que tu visión es el futuro y que éramos la elección acertada –ella tragó nerviosamente–. Pero que, si me acostaba con él, aseguraría el contrato. Solo quiere una noche.

Jared estaba visiblemente furioso y, por un momento, ella temió que fuera a salir tras Alexander. Sin embargo, cuando el ascensor se detuvo, se dirigió hacia sus habitaciones.

–Tu tarjeta –rugió. Tras abrir la puerta, se hizo un tenso silencio–. ¿Qué más dijo?

–Le pregunté por qué esa insistencia –Bailey se llevó una temblorosa mano a la mejilla–. Me contestó que por la fantasía. Dijo que cuando se hundiera en mi interior obtendría lo que ninguno había conseguido –lo miró fijamente–. Por Dios, Jared, ese hombre está enfermo.

Jared estaba tan quieto que se le notaba el corazón latir en el pecho.

–Ese tipo es un megalómano que cree que puede conseguir todo lo que desea, Bailey. Pero jamás te pondrá las manos encima. Te lo prometo.

Bailey temblaba y él la atrajo hacia sí en un cálido abrazo.

–Es un farol.

–Pero ha traído a Gehrig –ella sacudió la cabeza.

–Gehrig es una elección lógica. Es una empresa muy buena y me sorprende que no les incluyera desde el principio. Ha sido una jugada inteligente por parte de Alexander.

–Tienes que sacarme del proyecto, Jared –Bailey se apartó–. Esto es una locura.

–Eso jamás. Tenemos el proyecto ganador. Seguimos según lo previsto, Bailey.

Bailey se acercó al armario, sacó la maleta y empezó a meter su ropa.

–¿Qué demonios haces?

–Tengo que irme –ella se volvió–. Es la única solución. Si me marcho, puede que Alexander pierda interés y empiece a jugar limpio.

–¿Has oído algo de lo que he dicho? –Jared la miró furioso–. A ese tipo le da igual, Bailey. Tú no eres el factor decisivo. No eres más que un instrumento en este juego. Olvida todo salvo ganarnos a todo el comité. Hay que obligarle a tomar la decisión correcta.

Pero ¿y si Alexander optaba por no hacer lo correcto?

–No puedo correr el riesgo –Bailey sacudió la cabeza–. No seré la culpable de que pierdas el contrato –se volvió y continuó llenando la maleta con los ojos anegados en lágrimas.

–¿Cuántas veces tengo que decirte que no voy a hacer esto yo solo? –Alexander la agarró por la cintura y la obligó a girarse–. Vamos a hacerlo juntos, y vamos a ganar.

–Me dijo que quería tener lo que tienes tú –ella hizo una mueca–. Qué ironía, si ni siquiera quieres lo que te estoy ofreciendo.

–Sabes que no es verdad –él la miró con gesto severo.

–¿Qué? –exclamó Bailey–. Me ofrecí por primera vez en mi vida, hicimos lo que hicimos y luego te marchaste sin más, todo por culpa de tus estúpidas normas.

–No son estúpidas –el rostro de Jared evidenciaba tensión–. Están pensadas para que no sufras ningún daño.

–No, están pensadas para que no sufras ningún daño tú.

–Son lo que son –él se encogió de hombros.

–Cobarde –le espetó Bailey reflejando todo el dolor y la confusión que sentía–. Me hablas de confianza. Quieres que confíe en ti, pero ni siquiera eres sincero contigo mismo.

–¿Quieres saber la verdad, Bailey? –las mejillas de Jared se tiñeron de rojo–. ¿Quieres saber lo que me está matando? Llevo toda la noche, toda la semana, diciéndome que no puedo tenerte, que te haré daño. Y solo puedo pensar en hacerte mía, enseñarte lo que es estar con un hombre y darte tanto placer que nunca querrás estar con otro –los ojos azules la taladraron–. ¿Qué dices?

A Bailey se le contrajo el estómago, pues eso era precisamente lo que ella deseaba. Nunca se había sentido tan desnuda ni vulnerable, tan necesitada de lo que otra persona pudiera ofrecerle.

–Pues entonces hazlo –murmuró–. Olvida tus reglas.

–Bailey...

–No quiero nada de ti, Jared –le interrumpió ella–. No quiero promesas. No quiero tu hogar. Lo que quiero es experimentar lo que sería estar juntos. Me está consumiendo.

Jared se quedó tan quieto que ella se preguntó si seguía respirando, y antes de que pudiera recuperar el control, dio un paso al frente y le tomó el rostro entre las manos.

–No digas una palabra más. Te juro que, si vuelves a mencionar tus normas, me pongo a gritar.

–¿Estás segura de poder con esto? –preguntó él al fin.

–¿Estás seguro de poder tú?

–No –murmuró Jared–. No lo estoy.

Empujándola contra el armario, deslizó un muslo entre las piernas de ella, con la mirada cargada de deseo. Todo pensamiento cesó cuando cubrió los labios de Bailey con su boca y le ofreció un beso de tal intensidad que a la joven le temblaron las rodillas. Una y otra vez la saboreó, haciéndole responder hasta que la mente de Bailey se vació de todo pensamiento, hasta que se pegó a él, rindiéndose. Y como si él supiera exactamente lo que necesitaba, la abrazó con ternura. Por el modo en que ella aceptó su lengua y respondió al erótico baile con la suya, con un suave gemido, supo que ya era suya.

Jared hundió una mano entre los rubios cabellos para obligar a Bailey a echar la cabeza hacia atrás e intensificó el beso, explorando su boca, incendiándola por dentro. Ella se pegó más a su cuerpo, pidiendo más, y él deslizó las manos por su espalda y tomó el firme trasero con las manos ahuecadas, presionándola contra su larga dureza.

Bailey dio un leve respingo y él interrumpió el beso para deslizar los labios hasta la oreja.

–Ten cuidado con lo que deseas, cariño... podrías conseguirlo.

Con un firme impulso, él empujó de nuevo el trasero de Bailey contra su dureza y dibujó un rastro de besos por el cuello, volviéndola loca, haciendo que se retorciera contra él. Soltando un juramento, la agarró por la cintura y le dio la vuelta.

El silencio solo fue roto por el sonido de la cremallera del vestido al bajarse.

La cálida brisa que entraba del exterior la envolvió mientras el vestido caía suavemente al suelo. Sin embargo, Bailey solo era consciente de las manos de Jared y de esos labios que seguían deslizándose por su espalda desnuda.

Un profundo suspiro escapó de sus labios cuando él se arrodilló para besarle el delicioso trasero. Por debajo de la cintura ella era todo fuego. Y entonces le dio la vuelta.

Jared recorrió todo su cuerpo con la mirada, desde los pies, aún calzados, hasta el rostro. Las mejillas estaban arreboladas de excitación y respiraba entrecortadamente, antes de cesar por completo cuando él deslizó los dedos bajo la fina tela de las braguitas y se las arrancó.

Las piernas estaban a punto de convertirse en gelatina. Si esperaba que le ofreciera lo mismo que en Niza, se equivocaba, pues Jared se levantó y fundió su boca con la de ella.

–Eres tan hermosa... –murmuró él contra sus labios–. Las palabras no funcionan.

Ella se derritió, en sentido figurado, porque seguía de pie cuando Jared deslizó una mano entre sus muslos para separarlos. Y seguía de pie cuando él cubrió el ardiente núcleo, reclamándolo como suyo. Quedándose muy quieta, dio un respingo al sentir las caricias. Estaba caliente y húmeda para él, tan excitada que temía llegar al clímax ante el menor roce.

–Esta vez vas a llegar conmigo dentro de ti –murmuró él–. No antes.

El placer que le daba era enloquecedor. Separándole los muslos un poco más, Jared deslizó un dedo en su interior, lubricándola, preparándola. Aquello era tan bueno que ella hubiera podido gritar de placer. Pero antes de darle la ocasión, él se detuvo.

–Esta vez será en la cama –con dulzura, la empujó–. Aunque quizás no la siguiente.

Bailey se sentó en la enorme cama mientras él se desnudaba y revelaba el impresionante cuerpo que ya había vislumbrado en la piscina, aunque en esa ocasión puedo apreciar lo bien dotado que estaba. Al parecer, los comentarios que circulaban en el trabajo eran ciertos. Quizás no había sido una sabia decisión elegirlo para su primera vez...

De haber podido desnudarse más deprisa, Jared lo habría hecho. La significativa expresión de Bailey mientras lo observaba despojarse de la ropa, como si fuera un espectáculo privado, estuvo a punto de hacerle perder la compostura. Y compostura era lo que más necesitaba. Nunca había tomado a una virgen y no tenía ni idea de cómo mejorar la experiencia para ella. A eso había que sumar el hecho de que nunca había deseado tanto a una mujer.

Vaciando su mente de todo lo que no fuera Bailey, se acercó a la cama y apreció la espectacular belleza de la joven, vestida únicamente con el sujetador. Pero lo que le cautivó fue el rostro, vulnerable aunque firme al mismo tiempo. Una mezcla irresistible.

Se sentó en la cama y la subió a su regazo, volviéndola para que estuviera de frente.

–Sigo sin entender cómo ningún hombre te ha convencido para que te acuestes con él, pero ahora mismo me alegro.

–Toda una confesión, señor Manifiesto.

–Creo que hace tiempo que he olvidado mis normas –él sonrió.

Le apartó el cabello de los hombros y se deleitó con la visión de la dorada y sedosa piel, subrayando la curva del cuello con su boca. Estaba tan duro y excitado que apenas podía mantener un ritmo lento. Sin embargo, lento era lo que ella necesitaba y lo que le iba a dar.

Deslizó los labios hasta los pechos. Bailey echó los hombros hacia atrás mientras él le arrancaba el sujetador y sopesaba los sedosos y contundentes pechos con las manos. Esa mujer era perfecta, exquisita y el suave suspiro que emitió cuando le acarició los pezones casi lo desarmó.

–¿Estás preparada para mí? –murmuró contra sus labios–. Porque necesito tomarte ahora.

A modo de respuesta, ella buscó sus labios a ciegas y deslizó las manos hasta la nuca. Jared la tumbó de espaldas sobre la cama y ella lo contempló con calma, con plena confianza.

–Necesito un preservativo –murmuró él con voz ronca–. Enseguida vuelvo.

–Llevo años tomando la píldora –ella lo agarró del brazo–. Por los calambres.

Eso bastó para que Jared volviera a hundir los dedos dentro de ella y estableciera un suave y rítmico movimiento que aumentó en intensidad hasta llevarla a un estado de febril desesperación. Cuando al fin ella empezó a retorcerse bajo su peso, suplicándole más, Jared se despojó de los calzoncillos y se acomodó entre sus piernas.

Tomándole las manos las sujetó contra el colchón por encima de la cabeza.

–Estoy aquí –murmuró él–. Lo estaré todo el rato. Tú me guiarás.

–Jared... –Bailey asintió y le sostuvo la mirada mientras sentía la larga dureza acariciarle la entrada, hasta que no pudo más y cerró los ojos, gimiendo suavemente.

Jared se deslizó en su interior, solo la punta, permitiéndole acostumbrarse. Estaba muy tensa y él tembló ante el esfuerzo de no moverse.

–Respira –le aconsejó con voz entrecortada. Y ella obedeció.

Cuando la sintió relajarse, se hundió un poco más en su interior. El cálido túnel lo aceptaba y rechazaba al mismo tiempo.

–Bailey... ¿estás bien?

–Es una una sensación increíble –ella asintió.

–Rodéame con tus piernas, cariño –él soltó un juramento–. Necesito más.

Ella obedeció y él se hundió más, poco a poco, deteniéndose a cada paso para que ella pudiera acomodarse. Al fin alcanzó la barrera que había estado buscando y la sintió dar un respingo.

–Tendré que hacerte un poco de daño durante un segundo, y luego se pasará.

Bailey asintió y cerró los ojos mientras él la reclamaba en su totalidad, atravesando la barrera con una firme embestida. Jared no dejó de besarla durante todo el proceso, controlándose.

–Ya está. Quédate conmigo. Ya estás preparada.

Jared empezó a moverse con exasperante lentitud, aunque su cuerpo le pedía ir más deprisa. Ella contraía los músculos a medida que él avanzaba y retrocedía, hasta que arqueó la espalda para tomarlo más profundamente.

–Qué bien se siente –exclamó él–. Dime cómo te gusta, qué sientes...

–Qué bueno –ella lo miró a punto de perder la razón–. Qué bueno, Jared, no te pares, por favor.

Jared soltó una mano de Bailey para sujetarle la cadera y anclarla mejor a su cuerpo para conseguir alcanzar ese punto que proporcionaba a la mujer el más poderoso de los orgasmos.

–Háblame –le pidió, peligrosamente cerca del precipicio–. Habla conmigo, Bailey.

–Increíble. Esto es increíble, Jared. No creo que pueda...

Él le soltó las manos y deslizó un pulgar sobre el sensible núcleo, en el punto en que sus cuerpos estaban unidos. Lentamente describió círculos contra ella hasta que Bailey retorció las caderas contra el pulgar. Echando la cabeza hacia atrás, llegó para él y sus músculos se tensaron con tal fuerza alrededor de su masculinidad que Jared solo pudo aguantar tres embestidas más antes de caer al vacío. Su cuerpo estalló dentro de ella y un rugido surgió de sus pulmones.

Pasaron varios minutos antes de que el masculino cuerpo dejara de temblar. Bailey también temblaba, con las piernas aún rodeándole la cintura, y él se maravilló al comprobar que seguía duro.

Al fin salió de su cuerpo y tiró de la sábana para cubrirla con ella. Bailey protestó y él sonrió.

–Un segundo –murmuró él dándole un beso–. Todavía no he acabado contigo.

Encontró una botella de agua y se bebió la mitad de golpe mientras intentaba recuperar la compostura. Aquello no había sido solo sexo. Jared se sentía expuesto, como si le hubieran arrancado varias capas. El instinto de reclamar su poder pulsaba en cada célula de su cuerpo.

Bailey permanecía tumbada, sensual y saciada, con los rubios cabellos esparcidos por la almohada, mirándolo beber, ignorante de la tormenta que se había desatado en la mente de Jared. Una mente por la que pasó fugazmente la idea de que podría tomarla un millón de veces y seguiría sin estar satisfecho.

La mano se cerró con fuerza en torno a la botella. Eso era una locura. Por mucho que hubiera podido desear a una mujer en el pasado, siempre había terminado por cansarse. Las relaciones terminaban. Así funcionaban las cosas.

Dejó la botella y se inclinó hacia Bailey, que lo recibió con los brazos abiertos.

–¿Lo lamentas?

–Quiero más –él negó con la cabeza y mintió–. Pero no estoy seguro de que estés lista.

Ella lo atrajo hacia sí y lo besó dulcemente. Era su respuesta, y él la tumbó boca abajo.

–Jared... –murmuró ella.

–Te quiero así –le explicó él con dulzura, colocándose encima.

Era la reafirmación de la confianza entre ellos y la respiración de Bailey se aceleró cuando él le separó las rodillas y se acomodó entre sus piernas. Cuando la sintió relajada, deslizó una mano bajo su cuerpo y acarició la húmeda carne.

–¿Bien?

–Sí –gimió ella, separando más las piernas, invitándolo a introducirse en su interior.

En esa ocasión, Jared pudo tomárselo con calma, deleitarse con cada centímetro del dulce cuerpo. Cuando ella hundió los dedos en el colchón y llegó al orgasmo con un rugido gutural, como si el control que ejercía sobre ella la excitara tanto como lo excitaba a él, lo destrozó por completo. Esa mujer era mucho más que su pareja.

Jared apoyó una mano en la espalda de Bailey y la sujetó donde la quería tener, persiguiendo su propia liberación. Y, cuando llegó, tensando sus extremidades, inundándolo de un poderoso temblor, supo que jamás había experimentado tal placer.

Bailey se acurrucó contra él mientras la luz de la luna parisina se filtraba por la ventana, velando su sueño, debilitando la negación de Jared. Era inútil fingir siquiera un segundo que nada había cambiado. Porque ya nada sería igual.

Capítulo 9

LA SINTONÍA del móvil sonando en la habitación contigua despertó a Jared a las seis de la mañana. Saltó de la cama y corrió a su habitación para contestar antes de que se despertara Bailey.

La pantalla le indicó que se trataba de Danny, el investigador privado.

–Stone –contestó tras cerrar la puerta que comunicaba ambas habitaciones.

–Suenas dormido. Yo te hacía de juerga por los Campos Elíseos.

–Anoche tuvimos una cena importante –Jared se acercó a la ventana y contempló las vacías calles de París–. ¿Tienes algo para mí o has llamado solo para vengarte?

–Es tu padre. Mi contacto hizo la comprobación de todos los meses. Quiere hablar contigo.

¿Su padre quería hablar con él? Hacía año y medio, quizá dos, de la última vez que había hablado con Graham Stone, y solo durante unos minutos para aclarar algunos asuntos legales.

–¿Qué quiere? ¿Está bien?

–No ha querido dar detalles. Dice que tienes que ir a verlo.

¿Por qué iba a acudir a la llamada de un padre que lo había apartado de su vida durante casi una década?

–No parece estar muy bien, Jared –Danny interpretó su silencio–, por lo que ha dicho mi hombre.

–No podré ir hasta dentro de dos semanas –aquello llegaba en el peor de los momentos.

–Yo solo te transmito el mensaje. Ah, Jared –el tono de voz del detective se volvió casi un ronroneo–. Esa información que querías sobre Michael Craig... la tengo. Y es mucho mejor de lo que podrías haberte imaginado.

–Mándamelo –una sensación de satisfacción se instaló en las entrañas de Jared–. Todo.

Colgó la llamada y dejó el móvil sobre la mesa. Michael Craig se merecía lo que le aguardaba. Lo que le estaba provocando un sordo dolor en la boca del estómago era lo mucho que quería a su padre. Ya fuera arreglando un coche o jugando al rugby, su padre siempre había estado presente, aunque menos de lo que al joven Jared le hubiera gustado. Pero en los últimos años el estrés había podido con él, enviándolo a un lugar del que su hijo no le había podido rescatar.

Con cada respiración, el puño que le oprimía el pecho se hundía más y más. No pasaba un solo día sin que Jared se preguntara qué podría haber hecho para impedirlo, y mientras tanto había aprendido a vivir con el sentimiento de culpabilidad.

Sin embargo, la creciente opresión le hacía cuestionarse eso último. Había optado por marcharse, alejarse de la vergüenza que había rodeado a su familia. Lo había considerado la mejor opción para su propia supervivencia, para su negocio, en un mundo en el que la reputación lo era todo.

La luz del sol naciente le iluminó el rostro. Tenía una decisión que tomar. ¿Acudía a la llamada de ese hombre que una vez había sido su héroe o esperaba hasta que fuera demasiado tarde?

En lugar de considerar una cuestión que no estaba preparado para afrontar, optó por darse una ducha. Era demasiado tarde para volver a la cama y, además, era el último lugar en el que debería estar. Pretender acostarse con Bailey sin que hubiera ataduras era como un chiste malo.

Se colocó bajo el ardiente chorro de agua. Solo había una palabra para describir lo sucedido la noche anterior, «emotivo». Era un término tan ajeno a su vocabulario que tuvo que hacer un verdadero esfuerzo por verbalizarlo. La emoción no formaba parte de su trabajo o sus relaciones habituales. Era una palabra poco afortunada que obligaba a la gente a cometer estupideces. Sin embargo, no podía negar la evidencia. Jamás se había sentido tan unido a otra persona, y no solo porque Bailey fuera virgen. Era algo mucho más racional.

Echó la cabeza hacia atrás y dejó que el chorro de agua le lavara el rostro. Se había prevenido a sí mismo en contra, asegurado que se trataba de un error. ¿Por qué seguía permitiéndose desear lo que no podía tener? ¿Cómo era posible que se estuviera enredando con una mujer que no solo era la obsesión de Alexander Gagnon, sino que también se estaba convirtiendo en la suya?

Tenía que centrarse en la presentación y ganarla. Le tomaría la palabra a Bailey: solo había sido una noche de sexo ridículamente bueno acordado entre dos adultos.

El hecho de que esa mujer le hubiera robado un pedazo de corazón hacía unas horas, que llevara haciéndolo durante toda la semana no era consecuente. Jamás sería la clase de hombre que conectaría con alguien para siempre. No estaba en su naturaleza.

Bailey apoyó la espalda contra la puerta del cuarto de baño y se mordisqueó distraídamente una uña mientras contemplaba ducharse al hombre que la había llevado al paraíso.

La noche anterior había recibido justo lo que necesitaba para quitarse a Alexander Gagnon de la cabeza. Sin embargo, no estaba segura de que hubiera sido sexo sin más. Podría haber permanecido en brazos de Jared para siempre. Y ese era el problema.

Tragó nerviosamente. La noche anterior había sido inolvidable. La conmovedora y hermosa manera en que Jared le había arrebatado la virginidad, el modo en que le había hecho sentirse deseada...

–¿Me podrías decir dónde está el informe? –ya bastaba de tanta emotividad–. Me gustaría leerlo antes de la reunión.

El grifo de la ducha se cerró. ¿Por qué entonces se quedó allí, petrificada, observándolo mientras buscaba la toalla, el agua goteando de la deliciosa masculinidad?

–Lo siento, yo... –Bailey dio un paso atrás–. Te espero en el dormitorio.

–Por el amor de Dios, Bailey –él se secó el cabello–. Anoche me rodeabas la cintura con las piernas. Es un poco tarde para sentir vergüenza.

«Sí, pero anoche era anoche y hoy es hoy». Bailey continuó mordisqueándose las uñas.

–Me pareció oír sonar el teléfono hace un rato.

Jared asintió y, afortunadamente, se enrolló la toalla alrededor de la cintura. Sin embargo, el anguloso rostro evidenciaba tensión y la mirada azul destilaba un brillo impersonal.

–El informe está sobre la mesa, junto a la ventana.

Bailey lo estudió inquieta. Sin duda la expresión era de arrepentimiento.

–He pedido que nos traigan café y cruasanes. Voy a echar una ojeada al informe.

–Estupendo.

Bailey esperó una fracción de segundo por si quería hacerle algún comentario sobre la noche anterior. Cualquier cosa que ayudara a hacer la situación menos incómoda.

–Es evidente que lamentas lo sucedido anoche –observó ella al fin.

–No lo lamento –él le sostuvo la mirada.

–Entonces, ¿por qué pareces...?

–Bailey –Jared entornó los ojos–. Fue estupendo. Caliente. Tú estuviste caliente. Mereció la pena. ¿Qué más quieres que te diga?

¿De verdad acababa de oírle decir eso? Ella lo miró perpleja.

–Claro –asintió mientras un agudo dolor le desgarraba las entrañas–. Me alegra saberlo. Y por si sientes algún temor, lo cual sería normal, lo dije en serio. Una noche. Nada más.

Dedicaron la mañana a escuchar las presentaciones de los grupos de marketing y ventas en la oficina central de Maison Electronique, en el distrito Montparnasse de París. A Jared le resultó curioso que Bailey se hubiera sentado al lado de un joven y atractivo ejecutivo de marketing que no desaprovechaba la menor oportunidad para coquetear con ella. Había sido una hábil maniobra por parte de ella sentarse allí, como si formara parte del equipo de Maison.

Pero eso fue antes de que lo dejara con la palabra en la boca durante un breve receso. Y antes de que rechazara la taza de café que le ofreció.

–Bailey –Jared la arrinconó contra la pared–. Esto no puede suceder entre nosotros. No es bueno.

Ella lo miró a los ojos. La única evidencia de que algo sucedía bajo la gélida expresión era el ligero temblor del labio inferior.

–Ya te dije esta mañana que lo comprendía. Mantente aferrado a esa impresionante lista de normas, Jared. Está bien.

Él se quedó mirándola boquiabierto mientras Bailey se escabullía. ¿De verdad iba a ser así?

El hielo se mantuvo durante la tarde mientras recorrían tres tiendas Maison en París, y también durante el cóctel que precedía a la fiesta anual de la empresa, en un conocido restaurante, a la que habían sido invitados junto con el equipo de Gehrig. Jared mantuvo la compostura hasta que empezaron a hablar con la directora general de una compañía de cosméticos con la que Maison estaba asociada. Jared estaba desplegando todos sus encantos, y en ese momento, Bailey puso los ojos en blanco. Descaradamente. Y murmuró algo sobre tener que ir al tocador de señoras.

Jared la miró furioso. ¿Qué le pasaba a esa mujer? Se jugaban el mayor contrato de su vida al día siguiente, él la había respaldado sin desfallecer y ella se comportaba como una cría.

Terminó como pudo la conversación y corrió en busca de los aseos. Localizó el de señoras y, cuando la puerta se abrió y Bailey salió, Jared saltó sobre ella.

—Concédeme un minuto, ¿quieres? —le espetó él mientras la empujaba al interior y cerraba la puerta.

—Jared, este no es el lugar apropiado —ella lo miró con ojos desorbitados.

—Tú lo has convertido en el lugar apropiado —Jared hundió las manos en los bolsillos—. Anoche me dejaste claro que no había ataduras. Por el amor de Dios, explícame entonces qué te pasa.

—Nada —Bailey se mordió el labio inferior y desvió la mirada al intrincado diseño de las losetas.

El juramento de Jared rasgó el aire. Tomó la barbilla de Bailey y la obligó a mirarlo.

—No me hagas esto, Bailey. Me aseguraste que estabas conforme con la situación.

—Y lo estoy —ella se apartó—. Supongo que no soy de piedra como tú. Qué curioso —añadió con una fingida

carcajada–, las mujeres utilizan esa palabra para refe-
rirse a cierta parte de tu anatomía, pero yo creo que des-
cribe mucho mejor tu corazón. Lo enciendes y apagas
a voluntad.

–Pues al parecer contigo no lo consigo –él la miró
perplejo–, porque estoy aquí en lugar de seduciendo
ejecutivos.

–¡Oh! –Bailey casi se atragantó–. A mí me parece
que lo estabas haciendo bastante bien.

–¿Celosa, Bailey?

–Yo... Yo no... –Bailey se revolvió el cabello–. Es
que me está costando olvidar lo sucedido anoche. Fingir que no fue nada especial, porque para mí lo fue.

Jared sintió disolverse la cuidadosamente construida
barrera. Bailey era como una grieta en su perfectamente
diseñada habilidad para no sentir. Y eso era una debilidad que lo destruiría.

–Para mí también fue especial –admitió él–, pero no
quiero que nos entusiasmemos demasiado.

–¿Por qué no? –Bailey le golpeó el pecho con un
dedo–. ¿Qué crees que sucedería si te permitieras sentir? ¿Crees que se abriría la tierra y te tragaría?

–No, Bailey...

–Entonces, ¿qué? ¿Qué crees que va a suceder?

–Podría hacer esto –Jared la agarró por la cintura y
la sentó sobre la encimera del lavabo.

Tomó los deliciosos labios en un ardiente y furioso
beso, castigo y absolución a partes iguales. Ella apoyó
las manos sobre sus hombros, como si fuera a rechazarlo, pero un suspiro escapó de sus labios antes de de-
volverle el beso, ardiente y sin reservas.

–Me estás destrozando poco a poco –admitió Jared
cuando interrumpió el beso para separarle los muslos y
atraerla hacia sí–. Y eso no me gusta.

–A mí tampoco –Bailey le acarició el rostro–. Pero
esta mañana me has hecho daño, Jared. Me gusta que

seas sincero conmigo, pero al menos explícame por qué.

–Lo siento –susurró él contra sus labios y contra la sedosa suavidad de sus mejillas. Contra el perfecto lóbulo de la oreja. El estremecimiento que provocó en Bailey lo alcanzó y se le aceleró el corazón. Deslizó las manos por el vestido y lo subió hasta el redondeado y delicioso trasero. El aroma de la ardiente y húmeda piel nubló sus sentidos. No la tomaría allí. Solo quería sentirla.

–Jared... –gimió ella rodeándole la cintura con las piernas.

Estar dentro de ella no habría sido mejor que la dulce tortura que se estaba infligiendo.

–Por mucho que lo desee, esto no va a suceder aquí –Jared interrumpió el beso.

Ella asintió.

Él la depositó en el suelo y le alisó el vestido.

–Necesito retocarme el carmín –murmuró ella–. Márchate tú.

Jared asintió y abrió la puerta del tocador. A punto de salir, se volvió y, abrazándola, le robó un último beso. Bailey le rodeó el cuello con los brazos y le devolvió el beso.

–Hablaremos cuando estemos de vuelta en el hotel, ¿de acuerdo?

–De acuerdo.

Jared la soltó y se marchó. No vio a Alexander hasta casi tropezar con él.

–He visto la conmovedora escenita del beso –la sonrisa del francés era casi cruel–. Y debo admitir que estoy celoso, Stone.

–¿Por qué no nos tomamos una copa? –Jared tuvo que vencer el impulso de golpearlo. Iba a cerrarle la boca a ese tipo y lo iba a hacer sin mayor dilación.

–De acuerdo –Alexander se encogió de hombros.

Jared lo condujo hasta el bar, pidió dos whiskys y se tomó el suyo de un trago antes de hablar.

–Te voy a explicar cómo van a funcionar las cosas, Gagnon. Vas a mantenerte alejado de Bailey y no volverás a insinuarte y, si lo haces, te hundiré.

–Lo tienes difícil –Alexander sonrió con despreocupación–. ¿Lo sabías, Stone?

Sí, lo sabía. Pero hasta entonces no se había dado cuenta de hasta qué punto lo tenía mal.

–Ella me dijo que no os acostabais juntos.

–Las cosas cambian –Jared se acercó a Alexander–. No la tendrás jamás. Métetelo en la cabeza.

–«No» es una palabra que no suelo tomarme muy en serio –Alexander bebió un sorbo de whisky–. En realidad, me sirve de estímulo.

–Ni siquiera pudiste comprarla –Jared hizo una mueca–. ¿Qué te hace pensar que podrás tenerla?

–Este contrato te lanzará al estrellato o te arruinará, Stone –el otro hombre se encogió de hombros con desdén–. Decidirá tu futuro. ¿Por qué no entregarme a Bailey por una noche? Digamos que la donas a la causa. Después podrás ducharla y fingir que nada ha sucedido.

–Eres un bastardo y estás enfermo –masculló Jared entre dientes–. Me dijo que querías lo que yo tengo. Bueno, pues jamás tendrás lo que yo tengo, Gagnon. Jamás.

–Estás caminando por la cuerda floja, Stone –el rostro de Alexander se tensó.

–Tú también –Jared se bajó del taburete–. Debería haberla tomado hace un rato para que vieras lo que no tendrás. Me habría producido una gran satisfacción.

Optó por marcharse antes de perder la cabeza, aunque quizás ya la había perdido.

Bailey regresó al restaurante en el momento en que Jared salía del bar con una expresión gélida y furiosa en los ojos, únicamente igualada por la de Alexander, que lo seguía de cerca. Todas las alarmas se desataron. ¿Qué había sucedido en los últimos diez minutos?

No pudo preguntárselo a Jared, pues Davide le estaba presentando a alguien y, a continuación, se sentaron a cenar en una mesa junto con los Gagnon, el equipo de Gehrig y varios ejecutivos de marketing de Maison Electronique. Jared se sentó a su lado, guardando un furioso silencio.

–Debe ser maravilloso vivir en París –observó ella–. Es tan bonito...

–Sí –Davide asintió–. Pero mi intención es retirarme a Cap. Para mí ese lugar es *le paradis sur terre*, el paraíso en la tierra.

–Estoy de acuerdo –concedió Bailey–. Me encanta ese clima tan templado.

–También debe de gustarte el calor ardiente –observó Alexander–. Habiendo vivido en Las Vegas...

–Sí –Bailey dejó la copa de vino sobre la mesa con un brusco movimiento–. Pero prefiero el clima mucho más moderado del norte de California.

–Hablando de Las Vegas –el joven Gagnon agitó un dedo hacia ella–. Anoche recordé dónde te había visto. Normalmente mi memoria es infalible y me estaba volviendo loco.

–Gagnon... –la advertencia partió de Jared.

–Fue en el Red Room –continuó el otro hombre–. ¿Cómo pude haberte olvidado?

John Gehrig lo miró boquiabierto y el restaurante empezó a dar vueltas.

–¿Conoces el Red Room? –Alexander se volvió hacia uno de sus ejecutivos de marketing. El francés sacudió la cabeza mientras su jefe se cruzaba de brazos–. Pues la próxima vez que vayas a Las Vegas tienes que ir. No encontrarás mujeres más hermosas subidas a un escenario. Mis clientes no dejaban de babear, pero había una bailarina en especial –miró fijamente a Bailey–. Se hacía llamar Kate Delaney y nos tenía hechizados. No podíamos quitarle los ojos de encima.

–¿Y qué tiene eso que ver con Bailey? –Davide miró perplejo a su hijo.

–Kate Delaney era el nombre artístico de Bailey.

–¡Oh! –el anciano contempló a Bailey–. ¿Eras una bailarina de cabaret?

–No –le aclaró Bailey con calma–. El Red Room es un club de striptease de lujo.

–¿Un club de striptease? –Davide abrió los ojos desmesuradamente.

Los dos ejecutivos que habían estado enfrascados en sus smartphones levantaron la vista y la miraron fijamente. Bailey tragó con nerviosismo, sonrojándose violentamente.

–Sí. Así me pagué los estudios.

–Eso debió de ser... –Davide frunció el ceño.

–Lucrativo –Bailey bajó la vista mientras un profundo silencio lo engullía todo.

–Bueno –John Gehrig se aclaró la garganta–, pues a mí me encanta el Red Room. Las damas son hermosas y estoy seguro de que debías de resultar... encantadora –concluyó mirando a Bailey.

–No había un solo hombre que se mantuviera impasible –aclaró Alexander–. Qué bonito ver el sueño americano hacerse realidad. De stripper a directora jefe de ventas.

Jared apoyó las manos sobre la mesa y ella le cubrió una con la suya.

–No lo hagas.

Él la miró fijamente antes de reclinarse en la silla. Davide miró a su hijo con severidad.

–Si fueras un caballero, elegirías otro tema de conversación, Alexander, pero dado que tus modales a menudo dejan mucho que desear, lo haré yo.

Davide inició una discusión sobre el cambio de divisas a la que John Gehrig se unió de inmediato. Bailey respiró hondo varias veces. Marcharse no era una opción en ese momento. Sin embargo, resultaba doloroso, y físicamente incómodo, quedarse allí sentada bajo la atenta y curiosa mirada de los jóvenes ejecutivos. Uno de ellos tecleó algo en el móvil antes de pasárselo discretamente a su compañero. Sin duda se trataba de fotos de Kate Delaney.

–Respira –Jared apoyó una mano en el muslo de Bailey.

Ella apartó esa mano y desvió la mirada hacia la resplandeciente torre Eiffel. Sabía lo que iba a suceder. La humillación era como su segunda piel. Una sensación familiar y odiosa.

Apuró la copa de vino y sonrió tímidamente al camarero que acudió a llenarla de nuevo. En su casa, la palabra «alcohólico» había sido tabú a pesar de que su padre lo era descaradamente. Sin embargo, si no la pronunciaban, podían fingir que no sucedía.

Aparentemente, ella también había decidido negar su vida. Si no reconocía el pasado y las elecciones que había hecho, no le haría daño. Podía seguir fingiendo que era algo que no era.

–Tengo que irme –le murmuró al oído a Jared mientras retiraban los platos del postre–. Diles que me duele la cabeza, que estoy agotada, diles lo que quieras.

Se puso en pie y salió apresuradamente del restaurante. Ya en la calle, llamó a un taxi. Jared la alcanzó cuando estaba a punto de subirse al coche.

–Entra –ordenó él secamente, antes de sentarse a su lado.

Ninguno dijo una palabra hasta llegar a la suite de Bailey en el hotel.

–¿Por qué lo ha hecho? ¿Por qué humillarme de ese modo? ¿Qué pasó entre vosotros en el bar?

Jared se sentó en el sofá. Su rostro era el de un colegial arrepentido.

–Alexander me vio salir del tocador de señoras. Hizo algunos comentarios que no pude pasar por alto. Y decidí que era hora de que mantuviéramos una charla.

–Habíamos decidido que no íbamos a hacer eso –Bailey palideció.

–Cambié de idea. Dije algunas cosas que no debería haber dicho.

–¿Cuáles, por ejemplo?

–Cuando le dejé claro que estábamos juntos, me dijo que debería cederte a la causa por una noche y luego ducharte y olvidar lo sucedido –Jared se apretó las sienes–. Perdí la cabeza.

–¿Qué más le dijiste? –ella sintió una oleada de náuseas.

–Le dije que ojalá te hubiera tomado en ese tocador, delante de sus narices, para que viera lo que jamás iba a tener.

–Dime que no lo hiciste –todo el aire escapó de los pulmones de Bailey.

–Lo hice.

–Eres... –ella apretó los puños.

–Bailey –Jared se levantó del sofá.

–¡No! –le espetó Bailey–. No hay excusa para lo que has hecho, Jared. Iniciar un duelo de testosterona cuando sabes de lo que es capaz. Sabías que no dudaría en sacar a la luz mi pasado.

–No estaba pensando con claridad.

–No, no lo estabas. Estabas demasiado ocupado presumiendo de haberte acostado conmigo. No le dejaste otra opción –ella agitó las manos en el aire–. Por Dios, Jared, me estoy enamorando de ti. ¡Enamorando de ti! ¿Cómo has podido hacerlo?

–He arriesgado este contrato por mis sentimientos hacia ti, Bailey –Jared redujo la distancia que los separaba, sus ojos emitían furiosos destellos–. De modo que no cuestiones mis intenciones. Sí, cometí un error, y lo siento. Pero lo hecho, hecho está. Y quizás no sea tan malo, porque ya es hora de que pases página. Debes dejar de ser prisionera de tu pasado.

–Supongo que estarás de broma –Bailey abrió los ojos desmesuradamente–. ¿Crees que es bueno que todos los hombres ante los que voy a hacer la presentación mañana me estén imaginando desnuda sobre un escenario en lugar de prestar atención a lo que les esté diciendo?

–¿Y qué? –él enarcó una ceja–. ¿A quién le importa lo que piensen? Eres brillante. Tus ideas son brillantes. Desafía a los pesimistas. Demuestra que mi manifiesto es pura basura. Sé más fuerte.

–En el restaurante dijiste que querías hablar. Hablemos. Esta charla es de lo más ilustrativa.

–No creo que sea el momento –él sacudió la cabeza.

La mirada de Jared decía mucho más que sus palabras. La amargura reflejada en su rostro le oprimió el corazón. Después de lo sucedido, estaba reconsiderando sus sentimientos hacia ella. Después de haber visto a un grupo de hombres reaccionar ante lo que había sido, del mismo modo que había reaccionado él cuando se lo había contado. Espantado. Horrorizado.

La ira creció en su interior y la vergüenza se apoderó de ella. Jared la había utilizado contra Alexander porque para él era prescindible.

–Ya que soy tuya –le espetó, cegada por el dolor–, ¿por qué no disfrutar del numerito completo? –se quitó un zapato y se lo arrojó, un misil plateado que él interceptó con reflejos felinos–. Sé que sientes curiosidad. Me lo preguntaste en Niza. ¿Por qué no te sientas y te lo muestro?

–Bailey... –él la miró fijamente mientras se agachaba y se quitaba el otro zapato.

El segundo zapato se estrelló contra la palma de la mano de Jared y cayó al suelo.

–Siéntate.

Jared obedeció, más que nada porque no sabía qué otra cosa podía hacer con una mujer en pleno ataque de locura. Bailey empezó a desabrocharse la blusa.

–¿Te pareció caliente lo del aseo de señoras? Puesto esto va a serlo mucho más.

–No sigas –él sacudió la cabeza.

–Venga, te va a gustar –ella se desabrochó el último botón y se quitó la blusa–. Déjate llevar.

–Bailey... –los ojos azules emitieron una advertencia–. Ponte la blusa.

–¿Por qué? Esto es lo que quieres. Lo dejaste claro esta mañana –con un seductor y furioso giro de las caderas, empezó a deslizar la falda hacia el suelo–. Es lo que quieren todos los hombres.

–Tú me importas –Jared volvió a sacudir la cabeza–. Lo sabes.

–¿Querías saber cómo bailaba para esos hombres? –Bailey se sentó a horcajadas sobre él–. ¿Cómo los tocaba? Lo hacía así...

Jared mantuvo los brazos caídos a lo largo del cuerpo. La ira oscurecía su mirada y eso puso furiosa a Bailey, que apretó los pechos contra el fuerte torso y basculó las caderas en una caricia mucho más íntima de lo que le hubiera ofrecido jamás a un cliente. Jared suspiró.

–¿Lo ves? –se mofó ella–. No puedes negar que te gusta.

–Pues claro que me gusta –él le sujetó las caderas y la detuvo–. No pasa ni un segundo sin que te desee. Pero tú te mereces mucho más que esto.

–Vi tu mirada cuando te conté lo que había sido –Bailey sacudió la cabeza–. Estabas espantado.

–Estaba impresionado.

–Impresionado, espantado ¿qué diferencia hay?

–Una muy grande –él hizo una mueca.

Bailey tragó nerviosamente y se arriesgó a formular

la pregunta que podría hacer que se derrumbara. De todos modos, no iba a poder sentirse peor sobre sí misma de lo que ya se sentía.

–¿Serías capaz de imaginarte conmigo, Jared? ¿Con todos mis defectos?

–Ya te he dicho que me importas –él apretó la mandíbula–. Deja de agobiarme.

La advertencia de la mirada de Jared la asustó. Pero la tremenda certeza de estar perdida e inequívocamente enamorada de ese hombre fue aún peor.

Buscó las viejas costumbres, viejos trucos, y le besó la comisura de los labios. Deslizó una mano por su muslo hasta la gruesa y dura masculinidad. Jared se revolvió y ella sintió una punzada de triunfo, como una droga de la que le hubieran privado largo tiempo.

–No.

Jared la dejó caer en el sofá con tal brusquedad que ella sintió que todo le daba vueltas.

–Tenemos una presentación mañana. Vamos a ir como un equipo, Bailey, y vamos a ganar. Vamos a hacer lo que hemos venido a hacer. Y esto –él la miró furioso–. No va a suceder.

–No me deseas –a Bailey le temblaban los labios.

–Tienes razón –contestó él secamente–. Deseo a la Bailey que conozco. La mujer que me abrió el alma anoche. No... esto.

Jared se dio media vuelta y entró en su suite dando un portazo mientras Bailey se acurrucaba en el sofá y lloraba. Lloró por la niña que había sido. Por lo que ojalá no hubiera tenido que hacer.

Por Jared, que había sido tan cruel.

Por ella misma, por estropearlo todo.

Capítulo 10

BAILEY se despertó con el canto de los pájaros. En algún momento de la noche, se había arrastrado hasta la cama para finalmente quedarse dormida. Había sufrido interminables pesadillas que la devolvían a su pasado antes de lanzarla de nuevo al presente. La luz del sol les había puesto fin.

Quizás también había contribuido el ruidoso camión de la basura parado bajo su ventana. Dio un respingo y se sentó en la cama. París era demasiado elegante para esos camiones de basura.

Se arrastró hasta la ventana a tiempo para contemplar el poco elegante camión verde que avanzaba a su siguiente parada. Bailey reflexionó sobre las palabras de Jared. ¿Estaba en lo cierto al asegurar que su empeño en alejarse del pasado la estaba destruyendo?

Salió al balcón y apoyó las manos en la barandilla. Estaba muy orgullosa de lo que había logrado, de la persona en quien se había convertido. No sería la persona que era de no ser por su pasado. Quizás debería considerarlo de ese modo y aceptar la parte que no le gustaba, la que le avergonzaba, porque, le gustara o no, todo formaba parte del mismo lote.

La fría luz del amanecer le hizo estremecerse. La noche anterior, al desvelar al mundo lo que había sido, se había sentido despedazada. Era curioso que una pudiera despertar a la mañana siguiente y seguir allí. Dolorida. Furiosa.

Si bien el pasado podía destruirte, no lo hacía. No si no se lo permitías.

El camión de la basura continuó su ruta y Bailey se quedó con el rechazo de Jared grabado en la mente. Toda su vida había sido más fuerte que los demás, negándose a ceder cuando lo tenía todo en contra. Por eso sus palabras le habían herido tanto. No soportaba ser una cobarde.

No soportaba que él no la amara.

El corazón se le encogió en el pecho. Ni siquiera se había dado cuenta de que deseaba ser amada. Lo necesitaba, lo anhelaba. Y le aterraba que la noche anterior quizás hubiera alejado a ese hombre de su vida para siempre.

Jared quería a una mujer que ella aún no conocía. La versión más abierta y vulnerable que él había conseguido revelar. No la vieja, no la nueva Bailey, sino alguien diferente. Y se le ocurrió que quizás era esa la persona que necesitaba ser. Un producto del pasado, pero con el control sobre el futuro.

El creciente bullicio de las calles le indicó que era hora de vestirse. Lo único que tenía claro era que tenía que ganar, por Jared. Apoyarlo como él la había apoyado durante todo ese tiempo.

Se había puesto un conservador traje de pantalón gris cuando se detuvo frente al espejo. Ni hablar. No iba a camuflar su feminidad porque esos hombres pensaran que estaba disponible.

Eligió otro, de falda, en color malva, que se había comprado en los Campos Elíseos. La tela era divina y la falda dejaba al descubierto casi toda la pierna.

Estaba terminando de vestirse cuando Jared llamó a la puerta.

–¿Esas son tus armas para la batalla? –sus labios dibujaron una sonrisa.

–Más o menos.

–No querría tener a ninguna otra persona a mi lado hoy.

–Yo tampoco –Bailey sintió un hálito de esperanza ante la mirada de su jefe.

Y sin más, salió de la suite a hacer su trabajo.

Jared dedicó el trayecto desde el hotel a las oficinas de Maison Electronique a centrarse. No había pegado ojo en toda la noche, no por lo sucedido con Bailey, sino porque había llegado la hora de la verdad. El futuro, para bien o para mal, se decidiría ese día. Si los miembros del consejo no compartían su visión, no entendían dónde estaba el futuro, quedaría fuera de la empresa que había creado.

Contempló el enloquecedor tráfico de las calles. Asociarse con Maison sería un impresionante logro. Podría transformar la industria de la electrónica. Pero ya no estaba dispuesto a sacrificar su alma por la empresa.

No necesitaba perderse en el Himalaya para encontrar la paz. Necesitaba confiar en sí mismo, y deseaba volver a los laboratorios para trabajar con sus ingenieros.

El coche se detuvo frente al edificio en el que se encontraban las oficinas de Maison Electronique. El equipo de Gehrig ya se encontraba en la sala de juntas, repleta de ejecutivos de marketing, relaciones públicas y ventas. Si conseguían incendiar la sala, el contrato sería suyo.

Si Alexander Gagnon jugaba limpio... Tras una extrañamente moderada presentación a los jefes de departamento, el espectáculo comenzó. La adrenalina se disparó en el interior de Jared mientras se situaba frente a su público y abría la sesión con la historia de Stone Industries y el motivo por el que deberían elegirles a ellos.

Una vez establecidas las bases, y cuando la atmósfera de la sala estaba visiblemente caldeada, le pasó el testigo a Bailey, en apariencia tranquila a la par que hermosa.

–Son nuestros –le murmuró él al oído–. Llévatelos a casa.

Ella asintió y ocupó el lugar dejado por su jefe. No hubo una sola mirada masculina que no se posara en el trasero que el bonito traje resaltaba, y Jared estuvo seguro de que los murmullos tenían más que ver con cotilleos sobre lo sucedido la noche anterior que sobre el tema de la presentación. Bailey, al parecer, también se había dado cuenta, pues una sombra cubrió su bonito rostro. Parpadeó, cuadró los hombros, y comenzó.

Pasó de una diapositiva a otra con evidente dominio de sus ideas, convenciendo a los demás de que, o compartían su punto de vista o se estaban perdiendo algo grande. Con la cabeza alta, reinaba sobre la sala, manteniendo el interés de todos, implicándoles. Y cuando el arrogante ejecutivo que la noche anterior había pasado su foto durante la cena inició una conversación con un colega, conversación que sin duda no tenía nada que ver con la presentación y mucho con el físico de Bailey, ella se detuvo junto a él y le preguntó si tenía alguna duda. Davide hizo una mueca, el ejecutivo cerró la boca y Bailey continuó.

Jared se limitó a contemplar el espectáculo. No sintió la necesidad de ayudarla ni le preocupaba que pudiera equivocarse. Conocía a Bailey y sabía que podía confiar en ella. Además, se sentía fascinado con la Bailey que tenía ante sus ojos. Nunca había visto esa versión dominante, feroz, combativa. Era valiente y vulnerable, e increíblemente brillante. Todo lo que jamás había pensado poder encontrar en una mujer.

Esa mujer le hacía sentir cosas que pensaba que jamás sentiría por otro ser humano. Y supo que ella había estado en lo cierto al sugerir que tenía miedo. Miedo de cometer los mismos errores que su padre. Miedo de amar a una mujer que podría abandonarlo.

Miedo a enfrentarse a la verdad sobre sí mismo.

Se movió inquieto en la silla. Bailey jamás había experimentado el amor en su vida, nunca había tenido a nadie que la protegiera. Y aun así era lo bastante valiente para abrirse a la esperanza de poder tener todo eso algún día. Y Jared estuvo seguro de querer ser esa persona que la protegiera y creyera en ella.

Y le asustaba lo mucho que la deseaba.

Se revolvió el cabello mientras Bailey se sentaba de nuevo a su lado con las mejillas brillantes.

—¿De dónde ha salido todo eso? –él la miró de reojo.

—De un camión de la basura.

—¿Un camión de la basura?

—Luego te lo explico.

Alexander abrió la sesión de ruegos y preguntas y se inició un dinámico debate sobre sus ideas de captación del consumidor y su poco ortodoxa estrategia de marketing. Sin embargo, las ideas parecían gozar de la aprobación general. Alexander se reservó el discurso final.

—Impresionante, Stone –comenzó dirigiéndole una dura mirada a Jared–. Sin duda haríamos un buen equipo. Pero al final lo que decide son los productos, no el marketing. Y para mí, en eso Gehrig y tú estáis a la par.

Era una observación justa. Jared se dirigió al frente de la sala y avanzó unas diapositivas.

—Me gustaría presentarles nuestro Proyecto X.

La sala vibraba mientras él les presentaba la nueva línea de productos: teléfonos, tabletas, ordenadores, alarmas domésticas, termostatos, y todo controlado por una misma plataforma. No había otra empresa en el mundo que dispusiera de algo parecido. Las preguntas se sucedieron una tras otra. ¿Cuándo podría estar en el mercado? ¿Pagaría la gente tanto por un termostato que controlara su casa? ¿Era posible que hiciera todo eso?

Alexander asistía al espectáculo con una débil sonrisa, como si supiera que Jared había ganado.

–No te dignaste a hablarnos antes de tu Proyecto X –observó Davide cuando ya no quedó en la sala nadie más que ellos dos y los Gagnon.

–No, no lo hice.

–Te daré una respuesta a lo largo de la semana –los ojos de Alexander brillaban.

Jared asintió y se despidió de Davide. El anciano parecía desolado al decir adiós a Bailey y Jared no pudo reprimir una sonrisa. Ese era el efecto que ejercía sobre los hombres. ¿Y qué iba a hacer él al respecto?

Capítulo 11

DURANTE la primera hora y media de vuelo de regreso a San Francisco, Jared remató la presentación y elaboraron una lista de tareas. Quería convertir las ideas de Bailey en la piedra angular de su estrategia de marketing y, aunque a ella le encantó, estaba demasiado cansada, emocionalmente agotada, y no se fiaba de su jefe.

¿Alguna vez iban a hablar del asunto o simplemente fingirían que no había sucedido?

Jared estaba hablando sobre algo en ese tono de voz tan autoritario que le ponía de los nervios.

–¿Qué?

–¿Necesitas descansar? –él la miró fijamente.

Bailey arrojó el cuaderno de notas sobre la mesita, se levantó del asiento y miró por la ventanilla a la profunda negrura. El sonido del portátil de Jared al cerrarse quebró el silencio.

–Considera el trabajo terminado por hoy.

Algo en su voz hizo que ella se volviera. Jared la miraba de esa manera tan extraña que le había dedicado durante todo el día, desde que abandonaron el edificio de Maison Electronique tras la presentación.

Pulsó un botón y pidió una botella de champán a la azafata.

–Aún no hemos ganado –Bailey lo miró extrañada.

–Tienes que ser más positiva.

–Alexander aún podría seguir adelante con sus amenazas, Jared, y elegir a Gehrig.

–No lo hará. Quiere el Proyecto X.

–¿Y si sigue con sus jueguecitos?

–Entonces tendré que reinventarme –Jared se encogió de hombros–. Casi me apetece.

Betty, una atractiva auxiliar de vuelo que bebía los vientos por Jared, llegó con el champán.

–Descansa un poco –le aconsejó él–. No te vamos a necesitar más.

La joven le dedicó a Bailey una mirada cargada de celos y desapareció.

Jared le entregó una copa y ella se sonrojó cuando sus dedos se rozaron.

–Supongo que sabes en qué estaba pensando esa azafata...

–Y está en lo cierto, ¿no? –Jared le dedicó una significativa mirada–. Desde luego, no me voy a pasar las próximas trece horas consultando el precio de nuestras acciones.

–Aún no hemos hablado –el pulso de Bailey se disparó.

–Pues hablemos entonces –Jared levantó su copa–. Hoy has estado magnífica, Bailey. Absolutamente brillante. Te has ganado mi confianza, mi respeto. Te quiero siempre a mi lado.

Ella estuvo a punto de desmayarse.

–Lo tenías a todos comiendo de tu mano. Incluyéndome a mí.

–No me di cuenta –a Bailey se le encogió el estómago–. Esta mañana me despertó el camión de la basura. Y supe que tenías razón. Si no me ocupo de mi basura, de mi pasado, y acepto que forma parte de mí, jamás podré avanzar –levantó la vista hacia el hombre que no había dudado de ella ni una sola vez–. Quería ganar por ti. Nada más.

–Anoche no me marché porque no te deseara, Bailey –Jared le tomó una mano–. Lo hice porque deseaba a esa mujer. La mujer que me volvió loco en la sala de juntas esta mañana.

–Todavía no sé quién es –ella se mordisqueó el labio inferior.

–Lo sé –asintió él–. Cada vez que te veo luchar y triunfar, me conmueves. No puedo permanecer inmune a ti, como no puedo evitar que salga el sol cada mañana. Y eso me aterroriza.

El corazón de Bailey se estrelló contra el pecho.

–Anoche –continuó Jared–, me volví loco solo con pensar que Alexander pudiera acercarse a ti. Y tuve que advertirle que jamás te tendría. Porque yo te deseo y no quiero que seas de nadie más. Pero yo nunca he sido un hombre fiel. Ni siquiera sé si soy capaz de ello.

Bailey respiró hondo, pero sus pulmones no parecieron hallar aire alguno.

–A lo mejor los dos necesitamos una oportunidad –consiguió decir–, intentar superar el pasado.

–Menuda pareja –él hizo una mueca y la atrajo hacia sí.

–Y, sin embargo, hacemos buena pareja.

–Dijiste que te conformarías con un hombre que te respetara –Jared asintió–. Un hombre que no te mienta. Un hombre que te quiera por lo que eres. Yo no te puedo hacer promesas que no sé si podré mantener, pero sí te prometo esas cosas, Bailey. Y estoy dispuesto a intentar el resto.

Bailey tenía un nudo en la garganta que amenazaba con asfixiarla si hablaba. No necesitaba las promesas de Jared, nunca se había tratado de eso. El problema había sido la confianza y, por primera vez en su vida, confiaba sin reservas en un hombre.

–Anoche no habrá sido la última vez que necesites recoger mis pedazos –le advirtió ella, ofreciéndole una salida–. Todavía estoy en proceso de construcción.

–Considérame parte del equipo –Jared se inclinó y la besó en los labios.

El beso encerraba una promesa que iluminó a la joven desde el interior. Ella le rodeó el cuello con los brazos y Jared la tomó en brazos y la condujo hasta el dormitorio de la parte trasera del avión. La dejó de pie sobre la mullida alfombra y se sentó en el borde de la enorme cama.

–Anoche –murmuró él–, no quise practicar contigo un sexo basado en la ira. No quería que te rebajaras a eso. Pero esta noche –murmuró con voz ronca–, puedes hacerme tu numerito.

–Jared...

–Necesito borrar el recuerdo de lo sucedido anoche –él sacudió la cabeza–. La idea de que lo hagas para mí me excita enormemente, Bailey. Pero porque se trata de ti, no porque se lo hicieras a cientos de hombres que no pudieron tenerte.

La repentina sacudida del avión coincidió con la producida entre ambos, y Bailey supo que deseaba hacerlo para él. Quería borrar el recuerdo de lo sucedido la noche anterior.

–Sin misiles, por favor –suplicó Jared cuando ella se agachó y se quitó un zapato.

Bailey arrojó el zapato al suelo y se quitó el otro antes de colocarse de pie ante él.

–Hay reglas –murmuró ella mientras se desabrochaba la blusa–. Nada de besar y nada de tocar.

–Creo que he cambiado de idea –él entornó los ojos.

–No, no lo has hecho –Bailey se tomó su tiempo con los botones y arrojó la blusa al suelo.

La mirada de Jared se detuvo automáticamente en los pechos encerrados en raso de color crema. Los pezones se marcaban claramente bajo la tela y tuvo que tragar nerviosamente.

–¿Aún quieres cambiar de idea?

–No –contestó él con voz ronca–. Estoy bien.

Bailey se sentó a horcajadas sobre él y esperó la llegada de esa sensación de desapego que solía acompañar al gesto. Sin embargo, los ojos de Jared se negaban a abandonar los suyos, obligándola a sentir la conexión. Con Jared la única posibilidad era la verdad.

–No sé por qué lo llaman baile. A mí me parece más bien una tortura.

–Sí –asintió ella–, se le parece mucho. Salvo que... –murmuró mientras basculaba las caderas contra su masculinidad–, si eres buen chico, puede que consigas algo más.

Jared murmuró algo que sonó a «eso espero», antes de cerrar los ojos.

Estaba muy duro y fue el turno de Bailey de tragar nerviosamente. Recordó cómo la había llenado, cómo sus músculos se habían tensado alrededor de él. Recordó la fuerza de la liberación.

–Espero que este numerito sea algo excepcional, Bailey –masculló él entre dientes–. Porque, si me dices que les hiciste esto a otros hombres, voy a tener que matarlos. A todos.

–Calma, tigre –ella se inclinó y lo besó–. Esto es solo para ti.

Jared la sujetó por las caderas, pero ella le apartó las manos.

–Nada de tocar.

–Pero acabas de besarme.

–Porque soy yo la que manda.

–Adelante –las mejillas de Jared estaban teñidas de rojo–, créetelo si puedes.

–Nada de tocar –insistió ella–. Los labios, sin embargo, sí están permitidos.

Jared se inclinó y tomó un erecto pezón en la boca. Los ardientes labios lanzaron una descarga que llegó hasta el núcleo de Bailey, quien arqueó la espalda con un gemido y se entregó a él.

Jared cambió un pezón por el otro y la llevó más lejos. Bailey se sentía a punto de perder el control. Estaba loca por ese hombre.

–Maldita sea, Bailey –él la miró con ojos brillantes–. Bandera blanca. Pídeme lo que quieras.

Bailey se levantó y se quitó la falda y después las braguitas. Jared siguió todos los movimientos con una hambrienta mirada hasta que ella se acercó de nuevo y le desabrochó los pantalones.

–Por favor –suplicaba Jared–. Las manos están muy bien. Yo hago maravillas con las manos.

–Nada de tocar –Bailey le liberó de los calzoncillos y se agachó para frotarse contra él.

Estaba húmeda y muy excitada, pero había mucho que manejar. Le llevó toda su concentración introducirlo dentro de su cuerpo y acomodarse a la gran longitud. Aún no había tomado la mitad cuando un gruñido escapó de sus labios.

–Jared...

–Sí que puedes –contestó él con voz ronca–, pero tienes que dejarme utilizar las manos.

Ella asintió y cerró los ojos mientras él le sujetaba las caderas y se deslizaba más profundamente en su interior antes de detenerse.

–Más –gimió ella.

Y Jared se lo dio, lentamente, poco a poco, susurrándole al oído lo mucho que la deseaba, lo bueno que era aquello. La sensual voz la excitaba, inflamaba, relajaba su cuerpo hasta que lo tuvo completamente dentro de ella. Sin embargo, era él quien marcaba el ritmo.

La intensa sensación de plenitud se iba convirtiendo en una hoguera a cada embestida. El ángulo, el punto que empezaba a alcanzar, prometía un placer extremo. Y Jared la llevó más y más alto hasta que ella sintió que ya no aguantaba más, que tenía ganas de gritar. Hundiendo las manos en el oscuro cabello suplicó en un tono de voz que no reconoció como suyo.

Jared deslizó una mano hasta el ardiente núcleo y lo acarició con el pulgar bajo la atenta mirada de Bailey. La erótica visión le produjo una salvaje y estremecedora liberación en cuestión de segundos. El amor que sentía por ese hombre escapó de sus labios mientras la ardiente intensidad la despedazaba por dentro.

Por el modo en que Jared se paró en seco, ella estuvo segura de que la había oído pronunciar las palabras. Cuando las fuertes convulsiones de los músculos que sujetaban la masculinidad lo obligaron a llegar también al orgasmo, de su garganta surgió un rugido casi animal. Pero nada más.

Bailey no se sintió demasiado afectada por el hecho de que no le hubiera devuelto sus palabras de amor. A fin de cuentas, se trataba de Jared, un hombre que acababa de dar un enorme paso al admitir cómo se sentía respecto a ella. Se conformaría con eso y no con una mera ilusión.

Se despertó a la luz de la luna, sola en la cama. El reloj le indicó que eran las once de la noche. Aterrizarían en un par de horas. Jared debía de estar trabajando. Sin embargo, cuando sus ojos se adaptaron a la penumbra lo vio sentado en una silla junto a la ventanilla, vestido únicamente con los vaqueros. Parecía perdido, distante, en su propio mundo.

–¿No puedes dormir?

–No –él se volvió.

No la invitó a unirse a él, pero Bailey se acercó, apoyando una mano sobre el fuerte hombro. La rigidez que encontró le hizo detenerse. El distanciamiento que reflejaba su rostro le hizo plantearse apartarse. Sin embargo, él la sujetó por las caderas y la sentó en su regazo.

Permaneció acurrucada contra el fuerte torso hasta que la inquietud que sentía emanar de él le hizo apartarse. Acarició la fuerte mandíbula y la cicatriz que le cruzaba el labio superior.

–¿Cómo te hiciste esto?

–El hijo de uno de los amigos que mi padre estafó estudiaba en Stanford, igual que yo –Jared frunció el ceño–. Cuando mi padre ingresó en prisión, se enfrentó a mí en uno de los bares del campus. Estaba furioso, dijo algunas cosas sobre mi padre que no pude pasar por alto y nos peleamos –hizo una mueca–. Yo pensaba que sería una pelea a puñetazos, pero, cuando Taylor sintió que perdía, añadió una botella de cerveza a la disputa.

–Podría haberte hecho mucho más daño –ella se estremeció.

–Estaba sufriendo –Jared se encogió de hombros–. Su familia se había arruinado.

–Tú también –Bailey le acarició la mejilla–. Debió entender que tú no tenías la culpa de nada.

–Cuando estás enfadado y triste, no te paras a pensar en esas cosas.

Y, sin embargo, él no tenía que haber soportado esa carga. A Bailey se le encogió el corazón. Qué difícil debía de haber sido para un adolescente tener que defender a su héroe.

–Mi padre quiere verme –Jared la abrazó con fuerza–. La llamada de ayer era de mi detective informándome de que quiere verme. Por lo visto, no tiene buen aspecto.

La llamada que había precedido a esa expresión tan gélida. De repente, todo cobraba sentido.

–¿Sabes para qué?

–No.

–¿Vas a ir?

–No lo sé. Cuando salió de la cárcel me pidió tiempo para pensar. Mi madre se había vuelto a casar y muchos de sus amigos no querían saber nada de él. Yo era lo único que le quedaba, pero no quería verme. Desapareció. Y yo me dije que distanciarme de él era lo mejor para mí. Dolía demasiado y necesitaba espacio. Después de aquello nunca volvimos a conectar realmente. Cada vez que lo intenté, me rechazó.

—Estoy segura de que lo lamenta.

—Creo que tuve miedo de enfrentarme a lo que quedaba de él —Jared le acarició el lóbulo de la oreja—. Había sido un hombre fuerte y orgulloso. Lo que quedaba era un fantasma.

—Eso nunca podría sucederte a ti —Bailey le tomó las manos entre las suyas—. Nunca había conocido a nadie tan seguro de sí mismo.

—Debería haber ido a verlo —él soltó un suspiro—. Debería haber insistido. Es mi padre, por el amor de Dios. No está bien y se ha convertido en un ermitaño.

—Apenas eras un crío cuando se marchó —ella sacudió la cabeza—. Estabas triste y enfadado porque tendría que haberse ocupado de ti.

—Eso no excusa mi comportamiento.

—Nunca es demasiado tarde para arreglar las cosas —tras una larga pausa, Bailey le apretó las manos con fuerza—. Tienes que ir, Jared. Habla con él. Jamás te lo perdonarás si no lo haces.

Bailey volvió a acurrucarse contra su pecho en un intento de absorber su tensión. Sin embargo, esa era una parte de él de la que no podía desprenderse, su parte más atormentada, por la que no podía perdonarse. Y ella la sintió ascender entre ambos como un muro que los distanciaba más y más a cada minuto que pasaba.

Mensaje recibido. Se vistió y regresó a la cabina, donde le pidió a Betty una taza de té. Después se sentó a contemplar desaparecer la noche. ¿De verdad podían desprenderse las personas de sus demonios, o simplemente era más fácil aceptarlos como parte de uno mismo? Eso era lo que ella siempre había hecho, hasta que Jared la había convencido para intentarlo con más fuerza. Si tan solo pudiera hacer él lo mismo...

Capítulo 12

NECESITABAN mejorar el aspecto.

Fue la conclusión a la que llegó Bailey sobre las diapositivas de cara a la reunión del consejo ejecutivo. Tomó la taza de café que llevaba un rato sobre la mesa y dio un sorbo.

¿Dónde había ido a parar su concentración? Había trabajado muy bien toda la mañana, ignorando el hecho de que Jared regresaría del Caribe ese mismo día. Ignorando el hecho de que se moría de ganas de verlo. También sentía curiosidad por saber cómo le habían ido las cosas con su padre y si había tenido noticias de Alexander. ¿No debería haber llegado ya?

Una sonrisa curvó sus labios. Las cosas habían cambiado totalmente desde su regreso de Francia una semana atrás. Era la directora jefe de ventas de una dinámica empresa. Tenía una miríada de ideas en la cabeza y sí, era evidente que estaba enamorada de su jefe.

Un cosquilleo de anticipación le recorrió el cuerpo incendiando sus mejillas. Había pasado dos noches en casa de Jared antes de que se marchara. Dos maravillosas noches en la impresionante mansión de Pacific Heights, donde habían cocinado y se habían conocido mejor. Por supuesto, también habían pasado horas y horas en la cama. Había sido tan bueno y tan íntimo que ella le había amenazado entre risas con cocinar la siguiente vez que fuera allí. Sin embargo, esa siguiente vez no había llegado, pues Jared se había marchado a visitar a su padre.

Los días que precedieron al viaje lo había visto ponerse cada vez más nervioso y sobre cualquier cosa: la reunión del consejo ejecutivo, el contrato, el viaje. Ella se había ofrecido a prepararle la cena aquella noche con la esperanza de que sirviera para distraerle. Había intentado tentarle con una noche de pasión. Pero Jared había permanecido ausente. Tras juguetear distraídamente con la cena, había decidido acostarse pronto con la excusa de tener que madrugar al día siguiente.

¿Se estaba echando atrás? ¿Debía darle espacio por lo de su padre? ¿Debería estar molesta porque no le había contestado a ninguno de los mensajes que le había enviado?

El corazón de la joven galopaba nervioso en su pecho. Estar con Jared había puesto en evidencia que ya no le bastaba con su trabajo. Había descubierto que toda su vida adulta había echado de menos estar con alguien como estaba con él. Era cierto que quería la casa rodeada de una valla blanca, siempre que él estuviera dentro. Siempre que fueran iguales. Y, aunque sabía que con ese hombre tenía que ir paso a paso, aunque la idea le aterrorizaba tanto como a él, necesitaba saber que era posible tenerlo. Que era real.

Contempló las diapositivas, claramente defectuosas. Tenía que mejorarlas para Jared, para que pudiera revisarlas antes de la reunión del consejo del día siguiente. Suspiró profundamente, dejó la taza de café sobre la mesa y se puso a trabajar.

–El gran jefe está en forma –Tate Davidson se acercó a su mesa.

–¿Ha vuelto Jared? –ella lo miró fijamente.

–Sí –el hombre enarcó una ceja–. ¿Aún no ha pasado a saludar a su directora jefe de ventas?

Bailey bajó la mirada e ignoró el golpe bajo. Tate estaba celoso por su ascenso. Pero, sobre todo, se sentía perpleja. ¿Cuándo había regresado Jared? ¿Por qué no había ido a verla?

El teléfono sonó y contestó con un brusco rugido. Era Nancy, de recursos humanos, que quería concertar una cita.

–Lo siento. ¿Cuál es el motivo de la cita?

–El período de prueba de sesenta días.

–¿Qué período de prueba de sesenta días? –Bailey frunció el ceño.

–El que figura en tu contrato –contestó Nancy con paciencia–. Jared quiere hacer una evaluación.

¿En serio? ¿El período de prueba no solía ser de noventa días? Dado que había firmado el contrato sin leerlo en profundidad, no podía asegurarlo. Lo sacó del cajón del escritorio y lo repasó brevemente. Lo encontró en la página ocho.

Período de prueba: el rendimiento de la empleada será revisado al cumplirse los sesenta días de contrato.

–¿No suele ser a los noventa días? –le preguntó a Nancy.

–Sí, pero se trata de un puesto de perfil elevado. Jared no quería cometer ningún error.

¿Error? A Bailey le hervía la sangre en las venas mientras seguía repasando el contrato.

El puesto podrá ser revocado por decisión del empleador, por cualquier motivo que juzgue justificado, no solo en base al rendimiento.

–Esta cláusula sobre la revocación del contrato por cualquier motivo, ¿es normal?

–Es algo más riguroso de lo habitual, pero te repito que se trata de un puesto de perfil elevado.

–¿Sabes qué, Nancy? –ella respiró hondo–. Ya concertaré yo la cita personalmente.

–Es que aquí no hacemos las cosas así, Bailey.

Bailey colgó ruidosamente el teléfono y se levantó de un salto. Corrió por el pasillo hasta los ascensores que subían a la planta de dirección. Mary, la secretaria de Jared, la miró perpleja cuando pasó ante ella como una exhalación, llamó a la puerta y entró en el despacho.

Jared estaba inclinado sobre un montón de papeles que analizaba con el ceño fruncido. Levantó la vista sorprendido y se apresuró a cerrar la puerta del despacho.

–¿Qué sucede?

–En primer lugar –le espetó ella–, ha estado bien que Tate Davidson sepa antes que yo que has vuelto. También habría estado bien que contestaras a alguno de mis mensajes. Ya sé que eres un hombre muy importante y ocupado, pero me habría gustado que tuvieras algún detalle.

–Lo siento –el rostro de Jared se relajó, evidenciando las marcas de cansancio.

–En segundo lugar –Bailey agitó el contrato en el aire–. ¿Diste instrucciones a recursos humanos para que pusieran esa cláusula en mi contrato? Esa que dice que puedes degradarme por cualquier motivo, independientemente de mi rendimiento...

–Sí –él frunció el ceño–. Pero eso fue antes de que supiera de qué eres capaz.

–Accediste a mis condiciones –ella lo miró furiosa–. Me pediste que fuera a Francia para salvar tu reputación y ganar el contrato, ¿y ni siquiera tenías intención de respetar nuestro trato?

–No te conocía, Bailey –Jared se acercó a ella–. No podía nombrarte directora jefe de ventas sin tener algún recurso. Intenta ser razonable.

–¿Un recurso? –chilló Bailey–. Esa cláusula es mucho más que un recurso. Es una oportunidad para deshacerte de mí cuando te venga en gana.

–Bailey –él la miró a los ojos–, esa cláusula no tiene nada que ver con el presente. Ya me has demostrado tu valía. El puesto es tuyo, si lo quieres. Redactaré otro contrato.

–Lo que quiero es saber que creíste en mí desde el principio. Saber que eres un hombre de palabra y que ibas a respetar nuestro acuerdo.

–La confianza se gana –Jared se puso lívido.

–Y yo te la entregué desde el principio –le espetó Bailey acercándose mucho a él–. Me abrí a ti, por completo, Jared. Y lo único que te pedí a cambio fue la sinceridad que me prometiste.

–Todo lo que te dije, lo que te he prometido durante las dos últimas semanas, es cierto –él sacudió la cabeza–. No permitas que esto, que tu inseguridad, estropee algo bueno.

–Algo bueno –rugió ella–. ¿Y cuánto tiempo puedo esperar que dure esto tan bueno, Jared? ¿Un par de meses? ¿Tres? ¿Cuatro? La otra noche ya empezaste a retroceder, como de costumbre. Y a continuación pasaste a estar completamente incomunicado.

–He estado muy estresado con lo de mi padre –él volvió a sacudir la cabeza.

–¿Y por eso decidiste dejarme fuera de tu vida? –Bailey apretó los labios. La inseguridad, el dolor que había sentido en los últimos días cayó sobre sus hombros–. No soy una experta, pero estoy bastante segura de que se supone que debemos apoyarnos mutuamente.

–Lo he intentado, pero me presionas demasiado, Bailey.

–Sé muy bien que en el avión me oíste decirte que te amaba, Jared. Y lo ignoraste por completo.

–Ya te dije que no hago promesas que no pueda mantener. No está en mis genes, y lo sabías.

Podría haber dicho cualquier cosa, cualquier cosa menos eso, y ella habría estado de acuerdo. Pero ¿evadirse así? La opresión del pecho le hacía imposible respirar. Porque ya no le bastaba. No después de haberle entregado el corazón.

–Desde luego necesitaba esa sinceridad –ella asintió–. Porque he decidido que no puedo hacerlo, Jared. Me pediste que me abriera, que confiara en ti. Pues aquí me tienes. Y si no puedes hacer lo mismo por mí, creo que deberíamos dar esto por terminado.

–Lo estás utilizando como excusa para terminar antes de empezar –él la miró furioso.

–Lo que no quiero es convertirme en otra víctima del culto de Jared –Bailey sacudió la cabeza–. Yo siempre aspiro a todo. Supongo que está en mis genes.

–Bailey... –Jared intentó abrazarla, pero ella lo rechazó y abandonó el despacho.

Jared se debatía entre quedarse o correr tras Bailey cuando su secretaria entró en el despacho.

–Alexander Gagnon al teléfono.

Si había alguien con quien no quería hablar en esos momentos era Alexander. Sin embargo, dado que el destino de su empresa estaba en manos de ese hombre, no tenía otra elección.

–Gagnon –tras respirar hondo, descolgó el teléfono

–*Bonjour*, Stone –la sedosa voz de Alexander atravesó la línea–. Tengo buenas noticias para ti. Hemos decidido asociarnos con Stone Industries.

La oleada de satisfacción que inundó a Jared ante las palabras de Gagnon fue intensa. Pero el ardor de los ojos y el temblor de las manos provenía de un lugar más profundo. Un lugar cuya existencia se había negado a reconocer. Aquello era su sueño hecho realidad.

–Gracias –contestó con voz ronca–. Me alegra oírlo.

–Por supuesto, todo está supeditado a que tengamos la exclusiva sobre el Proyecto X.

–Algunas líneas de productos sí, pero no todo.

–Ya llegaremos a un acuerdo. Tendremos que trabajar estrechamente al principio. Quiero a Bailey en París para reuniones cuatrimestrales. ¿Cómo está tu preciosa directora jefe de ventas?

–Bailey no forma parte del trato, Gagnon –Jared se puso tenso.

–Qué vehemente –protestó el francés–. Lo único que quiero de ella es su cerebro. ¿Qué piensas hacer, Stone, casarte con ella?

La sangre de Jared burbujeaba. Lo cierto era que se veía muy capaz de casarse con esa mujer.

–Mándame el contrato, Gagnon –Jared contempló el teléfono con gesto severo–. Y olvídate de Bailey en París. Tendrás a Tate Davidson, mi vicepresidente.

Colgó el teléfono antes de añadir algo que pudiera dar al traste con el trato. Reclinándose en el asiento, intentó asimilar lo sucedido. Se sentía tremendamente aliviado por poder entrar al día siguiente en la sala de juntas con el contrato con Maison Electronique en el bolsillo. Los abusos de Michael Craig habían visto la luz en la prensa aquella misma mañana, en un cuidadosamente elaborado plan para desacreditarle y expulsarle de la junta directiva de Stone Industries. Todo estaba saliendo a pedir de boca. Pero su mente estaba ocupada únicamente con Bailey. Dirigía una empresa muy importante y no podía promocionar a nadie a un puesto tan alto sin cubrirse las espaldas.

Y, sin embargo, Bailey tenía razón. Le había prometido el puesto. La cláusula debería haber hecho mención únicamente al rendimiento. Pero él se había empeñado en manipular la situación a su favor.

Los días pasados en el Caribe habían sido inquietantes, y tan terroríficos como se había temido. Su padre era una sombra de lo que había sido. Viejo, diabético y deseoso de confesarle la verdad a su hijo tras haber leído el manifiesto. Lo que le había hundido no había sido solo el matrimonio, le había explicado, sino la falta de confianza en sí mismo. La incapacidad para perseguir sus sueños. Sin embargo, su hijo, Jared, había hecho lo correcto escuchando a su corazón, lo único que podía hacer un hombre, había manifestado el anciano.

Dolorosamente sincera, aterradoramente intensa, la conversación con su padre casi lo había destrozado. Y lo había puesto más furioso que nunca consigo mismo. Debería haber hecho más, y antes. Debería haber sido más valiente.

El ardor de los ojos le nubló la visión. Él no era como su padre. Y Bailey no era como su madre. Durante el vuelo de regreso había reflexionado sobre ellas dos, sobre lo diferentes que eran. Su madre era una persona sedienta de poder, contenta de vivir bajo el abrigo del siguiente hombre poderoso que conquistara. Pero Bailey era fuerte, de un modo hermoso y valiente. La independencia personificada. Curiosamente, lo que siempre había pensado que no funcionaría para él era lo único que sabía que lo haría. Tener a una mujer fuerte. Una igual.

«Sé muy bien que en el avión me oíste decirte que te amaba, Jared». ¿Por qué no había tenido el valor de decírselo? La amaba. Por supuesto que la amaba. Pero lo único que hacía era negarlo.

Había perdido la confianza de Bailey con esa cláusula. Y, aunque había tenido sus motivos, en esos momentos le parecían totalmente inapropiados. Pues esa mujer era todo lo que deseaba.

La idea quizás fuera producto del jet lag, o un ejemplo de brillantez. Pero de repente supo que de ninguna manera iba a dejarla marchar.

Capítulo 13

BAILEY había abandonado Las Vegas, rumbo a California, con un brillante título bajo el brazo y la sabiduría adquirida en su trabajo y en sus vivencias familiares. Estaba convencida de que lo tenía todo claro. Solo tenía que confiar en sí misma, no esperar demasiado y no despistarse. Así conseguiría ir a donde quisiera. Pero, al día siguiente de la discusión con Jared, y mientras conducía camino del trabajo, pensó que no debería haberse permitido enamorarse de un hombre con el corazón de piedra. Había creído posible desear más de lo que tenía destinado. Y desear más de lo que te tenía reservado el destino era una receta infalible para un corazón roto.

Entró en su cafetería favorita de San José. Había unas enormes colas de clientes y Bailey eligió la que parecía avanzar más rápido. Quizás Jared tuviera razón, quizás estuviera huyendo.

Christian, el dependiente que le servía el café cada mañana, la miró con curiosidad.

–No esperaba verte esta mañana.

–¿Y por qué va a ser esta mañana diferente de las de los últimos cinco años? –su intento de humor surgió amargo y distante–. Lo siento, tengo un mal día.

–¿Has leído la prensa de hoy?

–¿Por qué? –ella sacudió la cabeza. Eso iba después de leer sus correos electrónicos.

–Es la comidilla del día. Deberías echar un vistazo al periódico.

–¿Y debería buscar algo en particular? –Bailey lo miró extrañada.

–Lo sabrás cuando lo veas –Christian no le aceptó el dinero–. Invita la casa.

El joven pasó al siguiente cliente mientras Bailey se tomaba el café y seguía su camino.

Aria llamó mientras entraba por la puerta del edificio.

–Debo admitir que, incluso con sus imperfecciones, hasta a mí me serviría.

–¿De qué estás hablando? –Bailey frunció el ceño.

–¿Has leído la prensa esta mañana?

–¿Por qué me lo pregunta todo el mundo? ¿Ha hecho Jared alguna declaración sobre Maison Electronique?

–No lo has leído –Aria suspiró–. Desde luego, ha hecho una declaración, pero no sobre Maison Electronique.

–Genial –exclamó Bailey temiendo otro incendiario manifiesto en Internet.

–Esta mañana tenías tu primera reunión como miembro del consejo de dirección, ¿no?

–Sí. Eso si no dimito antes.

–Pues te sugiero que leas la página cinco del *Chronicle* antes. Después llámame.

–Aria –Bailey entró en el ascensor que la llevaría a su planta–. ¿Qué está pasando?

La falta de cobertura en la cabina engulló la posible respuesta de su amiga. Bailey pulsó el botón de la planta veintiséis mientras se preguntaba qué habría hecho Jared.

Tras salir del ascensor recogió el periódico antes de entrar en su despacho. Café en mano, buscó la página cinco. Una carta abierta de Jared ocupaba toda la página. Se titulaba *La verdad sobre las mujeres. Rectificación*. Con la mirada fija en la hoja, Bailey leyó el texto.

Hace unas semanas, escribí un manifiesto titulado La verdad sobre las mujeres. *La intención era hacer un resumen sincero e irónico de mi opinión sobre las mujeres, tanto en la sala de juntas como en el dormitorio. El manifiesto provocó un encendido debate.*

En el momento de escribirlo, creía firmemente en todo lo que dije. La experiencia me había enseñado que muchas mujeres no desean esa vida profesional que, como sociedad, hemos insistido en que tengan. El techo de cristal sigue ahí por las mujeres atrapadas en su propia decepción. Y para que conste, no me entusiasmaba la idea de ver a una mujer en el consejo de administración, ni creía en su capacidad para estar al mismo nivel que un hombre.

Y entonces tuve la oportunidad de trabajar con una mujer a la que había admirado durante años, mi directora jefe de ventas, Bailey St. John. Debo admitir que subestimé gravemente su talento, pues no solo tiene una mente más brillante que cualquier otro experto en marketing con quien haya tenido la oportunidad de trabajar, hombre o mujer, Bailey podría limpiar el suelo con la mayoría de ellos.

Esta mujer extraordinaria también me enseñó otra cosa. Algo mucho más importante que el valor de una mujer en la sala del consejo. Me ha demostrado lo equivocado que estaba sobre el lugar que debían ocupar las mujeres en mi vida. Sobre su lugar en mi vida. Me ha enseñado que soy capaz de conectar con otra persona, que quiero tener a alguien en mi vida para siempre, no solo para formar una familia, sino porque la amo. Por quien es. Por su valor. Por lo que me ha enseñado. Ella me ha convertido en un hombre mejor.

De modo, Bailey, que esta es mi oferta, con todas mis imperfecciones:

Te ofrezco el hogar, con todos los utensilios para la repostería, excepto la valla blanca, porque en Pacific Heights no la consideran de buen gusto.

Te ofrezco un anillo y un compromiso permanente.

Te ofrezco un león en el dormitorio. Esa parte sigue siendo cierta y me consta que te gusta.

Y, sobre todo, si tengo la suerte de que seas mía, te ofrezco mi absoluta sinceridad, tras ese error que te juro no volveré a cometer. Aunque sea difícil. Aunque duela.

Si te interesa lo que tengo que ofrecerte, ya sabes dónde encontrarme.

Con todo mi amor,
Jared

Al llegar a la última línea, unas gruesas lágrimas rodaban por las mejillas de Bailey. Volvió a leerlo todo y, vagamente, registró la llegada de Tate Davidson y recordó que la reunión del consejo comenzaba en cinco minutos.

Se sonó la nariz y se retocó el maquillaje y, con su cuaderno de notas y la carta de dimisión apretada contra el pecho, siguió a Tate hasta la sala de reuniones. Todo el mundo estaba allí. Presidía Sam Walters.

Y Jared. Se hallaba sentado junto a Sam y su mirada, hostil, estaba clavada en ella.

Sam les hizo una seña a Tate y a ella para que se sentaran en sendas sillas. Tate abrió la reunión mientras Jared se quitaba la chaqueta y se aflojaba la corbata. Entre grandes aplausos, el vicepresidente anunció el contrato con Maison y pasó la palabra a Jared.

–Disculpa –Jared seguía sin apartar la mirada de Bailey–, ¿has leído el periódico esta mañana?

–Hace cinco minutos –Bailey no pudo reprimir una sonrisa–. Llegué tarde esta mañana.

–¿Hay algo que quieras opinar? –el gesto de Jared se hizo más severo.

–Sí –susurró ella, ante el tenso silencio de la sala–. Pero preferiría decírtelo en privado.

–Me gustaría hacer una propuesta –Julie Walcott, vicepresidenta de relaciones públicas, alzó una mano–. Quisiera proponer que este fuera el último manifiesto.

–Considerando que el último casi se ha cobrado mi vida, estoy de acuerdo –gruñó Jared.

Sam recuperó el control de la reunión. Casi al final, Bailey se descubrió la perpleja propietaria de un montón de nuevas responsabilidades. Desde ese momento, relaciones públicas, publicidad y marketing le informarían directamente a ella. Según Jared, no le apetecía dedicarse a aprobar campañas de publicidad.

Llegó la hora del almuerzo y ella se levantó junto con el resto, con la carta de dimisión en la mano.

–A mi despacho –rugió Jared mientras la empujaba en esa dirección.

Una vez dentro, cerró la puerta.

–¿Qué tienes en la mano?

–Mi dimisión.

–Vas a dimitir –él la miró con los ojos entornados–. Tengo una sensación de *déjà vu*.

Ella miró fijamente al mismo guerrero que había visto en Niza, el que le había prometido su apoyo incondicional.

–¿Iba en serio todo lo que escribiste en la refutación?

–Cada palabra –él asintió–. Incluyendo la parte en la que te declaraba mi amor.

–Las promesas no están en tus genes –Bailey sintió que se le derretía el corazón.

–Yo tampoco pensaba que el amor estuviera en mi naturaleza –contestó él–. Y mírame.

Eso era precisamente lo que estaba haciendo ella, mirar lo que más deseaba en el mundo.

–Ver a mi padre me afectó mucho y necesitaba tiempo para procesar y comprender mis sentimientos. Pero ni por un minuto cambié de idea sobre ti, sobre lo que te dije en el avión –le acarició la mejilla con el pulgar–. Siempre te diré la verdad, aunque no quieras oírla.

–Lo sé –susurró Bailey–, pero necesitaba oírtelo decir, que lo escribieras. Es más, ¿podrías decírmelo?

–Te amo –él inclinó la cabeza–. Siempre te he amado, desde aquella noche en Niza.

La besó con ternura, lentamente, y ella estuvo dispuesta a entregarse desde el primer momento, pero Jared la apartó con decisión.

–¡Eh! –protestó ella–. Eso no ha sido... –las palabras se desvanecieron al ver una cajita.

–No se suponía que fueras a llegar tarde esta mañana. Te lo iba a dar antes de la reunión.

A Bailey le dio un vuelco el corazón al contemplar el anillo de diamantes.

–Si no te gusta, puedes tener otro –le explicó Jared–, puedes tener el que quieras. Pero esta es mi promesa de fidelidad hacia ti, Bailey St. John. Cásate conmigo.

Bailey le ofreció la mano para que él pudiera ponerle el anillo.

–¿Eso ha sido un «sí»?

–Sí.

–Menos mal. Después de la reunión, nos vamos a casa a celebrarlo.

–¿Después? –ella hizo un mohín.

–Acabo de darte toda la responsabilidad de las actividades de marketing de la empresa. Será mejor que te pongas al mando.

–Cierto –murmuró Bailey–. Te amo, Jared Stone. No me da miedo reconocerlo.

–Podrás volvérmelo a decir esta noche –la mirada de Jared se oscureció–. Una y otra vez.

Y lo hizo. Durante toda la noche en que Jared le confirmó que la fama de resistente se la tenía bien merecida. El anillo brillaba en su dedo. Jared era suyo y siempre lo sería. Y, en sus brazos, Bailey al fin se encontró a sí misma. No a la vieja Bailey, ni a la nueva Bailey, simplemente a la Bailey que estaba destinada a ser.

Acepte 2 de nuestras mejores novelas de amor GRATIS

¡Y reciba un regalo sorpresa!

Oferta especial de tiempo limitado

Rellene el cupón y envíelo a
Harlequin Reader Service®
3010 Walden Ave.
P.O. Box 1867
Buffalo, N.Y. 14240-1867

¡Sí! Por favor, envíeme 2 novelas de amor de Harlequin (1 Bianca® y 1 Deseo®) gratis, más el regalo sorpresa. Luego remítanme 4 novelas nuevas todos los meses, las cuales recibiré mucho antes de que aparezcan en librerías, y factúrenme al bajo precio de $3,24 cada una, más $0,25 por envío e impuesto de ventas, si corresponde*. Este es el precio total, y es un ahorro de casi el 20% sobre el precio de portada. !Una oferta excelente! Entiendo que el hecho de aceptar estos libros y el regalo no me obliga en forma alguna a la compra de libros adicionales. Y también que puedo devolver cualquier envío y cancelar en cualquier momento. Aún si decido no comprar ningún otro libro de Harlequin, los 2 libros gratis y el regalo sorpresa son míos para siempre.

416 LBN DU7N

Nombre y apellido	(Por favor, letra de molde)
Dirección	Apartamento No.
Ciudad	Estado	Zona postal

Esta oferta se limita a un pedido por hogar y no está disponible para los subscriptores actuales de Deseo® y Bianca®.
*Los términos y precios quedan sujetos a cambios sin aviso previo.
Impuestos de ventas aplican en N.Y.

SPN-03   ©2003 Harlequin Enterprises Limited

ONCE AÑOS DE ESPERA

ANDREA LAURENCE

Años atrás, Heath Langston se casó con Julianne Eden. Sus padres no habrían dado su aprobación, por lo que cuando el matrimonio quedó sin consumar, los dos siguieron caminos separados sin decirle a nadie lo que habían hecho.

Una desgracia familiar obligó a Heath y a Julianne a regresar a la ciudad en la que ambos nacieron, y a la misma casa. Heath estaba ya harto de vivir una mentira. Había llegado el

ONCE AÑOS DE ESPERA
ANDREA LAURENCE

momento de que Julianne le concediera el divorcio que ella llevaba tanto tiempo evitando... o de que cumpliera la promesa que se reflejaba en las ardientes miradas que le dedicaba.

¿Se convertiría por fin en su esposa?

Bianca.

La pasión le había nublado la mente

Él me había dejado muy claro lo único que podía darme, y yo, perdida en un arrebato de pasión ciega, lo había aceptado sin pensar en nada más.

Edward St. Cyr solo quería mi cuerpo, pero yo le entregué también mi corazón. ¿Había cometido el mayor error de mi vida? Tal vez cuando supiera que estaba embarazada superaría su bloqueo emocional y me amara también él...

Un hombre atormentado

Jennie Lucas